El silencio de Molly

El silencio de Molly

Gloria Carrasco

Kmleon Books

Título del libro: El silencio de Molly
© *2020, Gloria Carrasco*
ISBN 9798716595545
2ª Edición
Corrector: Antonio Galindo López
Todos los derechos reservados. No se permite la reproducción total o parcial de esta obra. Ni su incorporación a un sistema informático ni su transmisión en cualquier forma o por cualquier medio, sea este electrónico, mecánico, por fotocopia, grabación u otros métodos, sin el permiso previo y por escrito del autor.

La infracción de los derechos mencionados puede ser constitutiva de delito contra la propiedad intelectual (Art.270 y siguientes del Código Penal).

Esta es una obra ficticia. Todo parecido con la realidad es pura coincidencia. Todos los nombres, situaciones y hechos plasmados en esta novela son producto de la imaginación de la autora.

Sigue a la autora en redes y no te pierdas nada.

🅑 https://gloriacarpav.blogspot.com/

📷 @gloria_carraspa

🐦 @pav_gloria

A quién tenga (un) sueño...

Índice

Capítulo I *13*
Capítulo II *26*
Capítulo III *36*
Capítulo IV *48*
Capítulo V *56*
Capítulo VI *65*
Capítulo VII *74*
Capítulo VIII *84*
Capítulo IX *92*
Capítulo X *100*
Capítulo XI *111*
Epílogo *121*
NOTA DE AUTORA *125*
Otros libros de la autora *127*
Antologías en las que participa la autora. *129*

Capítulo I
Agosto de 1981
(Narra la autora)

—Tranquila, Elisa —decía una chica balanceándose de lado a lado mientras caminaba.

Había conseguido salir por su propio pie de aquel sótano, le dolía todo el cuerpo al mismo tiempo que le temblaba. De su frente caía un líquido espeso y su labio estaba partido, pero aun así caminaba por la acera perdida, sin saber en qué parte del pueblo se encontraba. Sonrió al ver su coche aparcado donde lo había dejado horas antes, por lo que los recuerdos comenzaron a regresar, haciendo que se llevara las manos, aún con los restos de las cadenas, a la cabeza.

Buscó la llave, con suerte seguía en el bolsillo trasero del pantalón. Arrancó con dificultad, la tensión seguía apresándola. Cuando quiso encender las luces, estas no respondían. No le importó, su objetivo era huir del lugar.

Condujo a oscuras, con la vista algo borrosa, la herida de su cabeza seguía abierta.

Una figura con una capa roja apareció en medio del camino, Elisa dio un volantazo. Acabó con su coche en mitad de la carretera, la herida en su cabeza se acabó abriendo aún más al impactar contra el volante, matándola al instante.

Aquella figura desconocida sonrió.

Septiembre, 1980
(Narra Elisa)

Otoño en Hard Spring, un otoño bastante caluroso, deseaba que llegase el frío lo antes posible. La perilla de la puerta estaba ardiendo por el sol, que había estado dando toda la mañana en la cerradura y que pegaba con el escaparate de la mercería, mientras introducía la llave. Me deslumbraba la vista.

Una sonrisa orgullosa apareció en mi cara al momento de ver el vestido blanco con estampado de flores que había puesto en el maniquí hace unas horas, bastante tiempo me había costado diseñarlo y coserlo a mano.

La mirada de una señora mayor se reflejó en el cristal. Al darme la vuelta, un par de mujeres entradas en edad se encontraban cuchicheando mientras miraban mi tienda. Caminé por delante como si no las viera, pero sus voces llegaron a mis oídos.

—Pobre chica, tanto talento desperdiciado —dijo una de las señoras.

—No entiendo por qué no se va del pueblo —contestó la otra.

Seguí caminando hasta la escuela, me había citado allí con una de las maestras. Hace poco, desde la alcaldía habían abierto un proceso aceptando monitores extraescolares que ayudasen por las tardes, yo accedí ante las súplicas de mi madre.

Al llegar a las puertas de la institución, una mujer rubia con el cuello estirado y la espalda bien recta me esperaba en la puerta.

—Soy la señorita Strommer —dijo ella con una amplia sonrisa mientras me estrechaba la mano—. Bienvenida.

Recorrimos los pasillos con paredes de todos los colores, en cada puerta de las aulas había pintado un animal diferente.

—Necesitaría que en este tiempo escribieras un diario de lo que harás aquí, normas de la dirección —decía ella—. Tus actividades comenzarán a las 14.00 en el comedor y luego acompañarás a mis niños hasta el aula hasta las 19.00 que lleguen los padres.

—Perfecto —contesté.

Al final del pasillo, giramos a la izquierda y entramos. La clase era un espacio decorado en rosa y azul por todas partes, con mesitas y sillitas de color verde. Ante la pizarra, dos adultos ajenos a nuestra entrada debatían sobre un tema sin importancia.

—Padre Thomas, que gusto tenerlo aquí —dijo Strommer.

—El gusto es mío, señorita —dijo él estrechándole la mano—. Elisa, veo que ni entrando aquí cambias de vestimenta y de color —cuestionó con el ceño fruncido, mirándome de arriba a abajo.

—Nunca, Thomas —contesté—. ¿Se quitaría usted esa horrible sotana? —Él me devolvió una mirada de desagrado.

—A mí me parece que van a juego —comentó Strommer sin perder esa sonrisa.

«Esta mujer me matará de dulzura», pensé.

—Elisa, la directora Strauss y el padre Thomas supervisarán su trabajo aquí.

—Espero que tenga imaginación para las actividades, señorita Stone —dijo la señora Strauss con algo de altanería en su voz—. Voy a estar vigilando todos sus movimientos en mi escuela.

Una niña entró corriendo a la sala antes de que yo pudiera contestar algo.

—¡Tita! —gritó.

—Hola, fierecilla —contesté alzándola en brazos—. ¿Has sido mala hoy? —Ella asintió—. Perfecto.

Molly y yo nos despedimos de aquellas tres personas y salimos del edificio.

Caminamos por la acera cogidas de la mano, ella balanceaba el brazo, juguetona, mientras me hablaba de varios temas.

—¿Entonces estarás en mi clase? —preguntó Molly sonriendo, yo asentí—. Podrías usar tu magia en la escuela.

—Mejor que no, florecita —contesté.

—¿Por qué?

—Pues porque eso es un juego nuestro —contesté.

—Pero yo quiero que todo el mundo se entere de lo increíble que eres —seguía insistiendo ella.

—No, Molly —dije cambiando la cara a una seria, me agaché a su altura y la miré—. La mente de un adulto no es la misma que la de un niño. La gente se asusta de lo que no entiende y el silencio es la mejor conversación que se le puede dar a una persona estúpida.

Ella puso una expresión de no estar conforme, por lo que acerqué mi mano a su oreja y saqué una moneda de chocolate, haciendo que sonriera de nuevo.

Al llegar al parque infantil, mi sobrina corrió hasta los columpios y yo me senté en un banco, saqué de mi bolso un libro y me dispuse a leer cuando noté varias presencias cerca de mí. Me mordí el labio y negué con la cabeza al ver a la niña con varios amigos delante de mí.

—Molly —la reté.

—Por favor, tita.

Suspiré, dejé el libro a mi lado y bajé mi mano al suelo agarrando una piedra, haciendo señas a los niños para que mirasen fijamente a mi puño cerrado. Creo que ninguno de los que estaban allí parpadeaba, era la diferencia entre impresionar a un niño y a un adulto. Abrí la mano poco a poco, dejando ver a un pequeño pajarito que, en cuanto se vio libre, echó a volar.

Todos aplaudieron la acción, pero los demás espectadores no sonrieron tanto. Los padres de aquellos pequeños rápidamente agarraron del brazo a cada uno, dejando a mi sobrina sola ante mí. Ella ni se inmutó, seguía absorta en el vuelo de aquel pájaro al que seguía con la mirada.

La acompañé hasta la casa de mi hermano en la calle Brown, notando la sombra de una persona siguiéndonos. No le di importancia, ni siquiera volví la vista hacia atrás, pero sí que apreté la mano de la niña y caminé algo más rápido.

Al llegar, Peter nos esperaba en el porche con los brazos en jarra. La niña corrió hacia él y lo saludó, luego entró, dejándonos solos.

—Una amiga de Margarita acaba de llamar diciendo que...

—¿Qué? ¿Qué hice sonreír a su hijo? Vaya crimen, arréstenme —lo interrumpí sarcástica.

—No alimentes su imaginación —dijo él señalándome con el dedo.

Peter se dio la vuelta para entrar en su casa.

—¿Imaginación lo llamas? —pregunté al aire.

Volví a mi casa con aquella sombra siguiéndome de cerca.

Octubre, 1980

Me encontraba en el baño de niñas de la escuela, intentando sin mucho resultado quitar una mancha de tomate de mi camiseta, menos mal que la salsa no se notaría tanto encima del color negro, cuando unos murmullos me llegaron desde el pasillo.

—Ha llegado tarde hoy, Padre —se escuchó la voz cantarina de la señorita Strommer.

—Lo sé, estuve ocupado con unos asuntos personales.

—Le agradecería que avisara la próxima vez —decía ella.

—Soy un hombre adulto con obligaciones, señorita. No me trate como a uno de sus críos —contestó él, ofuscado.

Cuando él se fue, salí de mi escondite, hacia la maestra que se había quedado quieta en el pasillo con los brazos cruzados y el ceño fruncido. Al llegar a su lado, nos miramos.

—Si me da permiso, puedo hacer que se disculpe en menos de un minuto —comenté.

Ella me devolvió una sonrisa amable y sin darle importancia volvió hacia el aula.

—Está el patio lleno de hojas de otoño, deberíamos pintarlas de algún color —decía mientras caminaba—. Las pegaremos en las ventanas.

Entré tras ella a la clase, allí los pequeños alumnos ya estaban sentados en sus pequeñas sillas. En una mesa, dos niños peleaban por unos lápices.

—Simón Pensacola, devuelve lo que no es tuyo —dijo Strommer, agachándose a la altura del niño que se negaba—. Entonces te vas a quedar aquí castigado mientras que tus compañeros salen al patio... Niños, traedme todas las hojas de otoño que cojan vuestras manos. Las clasificaremos por tamaño y decoraremos el aula... Vayan, vayan —insistió.

Una vez afuera, mientras los más pequeños jugaban entre las montoneras de hojas secas, dirigí mi vista hacia la ventana del aula. Se podía ver perfectamente a la señorita en su butaca leyendo un libro mientras que el crío castigado miraba atentamente hacia mí. Pensé que sería solo un punto en la trayectoria del niño, pero no, su mirada se dirigía solo y exclusivamente hacia mí.

«¿Que puede estar pasando por tu cabecita ahora?», pensé.

Terminado el día y ya con Molly en casa, vuelvo caminando hacia la mía. Estaba cansada, se hacía de noche y mis pies estaban deseando ser liberados de las botas. Pasé por delante de la cafetería, a la que entré para pedir un capuccino con nata y doble de canela, necesitaba una bomba de azúcar antes de que se me cerraran los párpados. La camarera lo sirvió como siempre en un vaso de cartón con una tapa que hacía que la nata se aplastase manchando todo el borde.

Escuché risas tras de mí, un par de chicas sentadas a una mesa me miraban y hablaban en voz baja, como si yo no las pudiera escuchar. Me giré para encararlas, pero caí en la cuenta de que me había dejado el diario de clases en la mercería, por lo que me dirigí hacia la puerta del local, no sin antes pasar al lado de aquella mesita. Rocé con mis dedos el vaso de agua que tenían en el borde, haciendo que se cayera encima del vestido de una de ellas.

Caminé por la avenida con mi vaso de cartón en la mano y una sonrisa de satisfacción hasta llegar a mi escaparate. Qué agradable sorpresa el encontrarme la puerta extrañamente abierta.

—No... ¿Por qué a mí? —resoplé.

Dejé el vaso en el suelo y entré poco a poco. No se escuchaba nada, por lo que quién haya entrado ya no estaba. Busqué el interruptor de luz, lo primero que vi fue las exactamente quince cajas, que tenía en una estantería repletas de agujas, abiertas y vacías; las agujas tiradas en el suelo, una por una. Estas se mezclaban con los botones esparcidos también a mis pies, las cintas de colores se encontraban anudadas de estantería a estantería y ni hablar de las telas desperdiciadas, manchadas de negro carbón.

Fui hacia el pequeño cuarto donde tenía la caja fuerte, afortunadamente estaba cerrada y llena tal cual la había dejado por la mañana.

—No lo hicieron por la caja —dije, admirando mí, antes pulcra, tienda.

El Sheriff Corbin llegó pronto y, mientras uno de sus ayudantes toqueteaba todo el lugar, él me interrogaba.

—Ya te he dicho que llegué y la puerta estaba abierta

—Pero la cerradura no estaba forzada, pudiste haberla dejado abierta y unos críos te habrán hecho una broma de mal gusto —dijo él, garabateando en su libreta delante de mí.

—Corbin, ya te he dicho que yo cierro con doble llave y te puedo enseñar como se abre una cerradura con una horquilla. No me tomes por tonta.

—Bueno… Relájate, Elisa, encontraré a quién haya hecho esto. Una patrulla vigilará la zona por si vuelven y preguntaré casa por casa. ¿Conforme? —dijo él moviendo las manos.

Asentí, resoplé y después recogí el diario de clases que seguía guardado en el cajón de la registradora. Volví a casa, esperando que por la mañana la tienda se hubiera ordenado sola.

Nunca supe quién se divirtió aquella noche, pero algo me decía que tenía que ver con la sombra que me seguía a todas partes. Es por eso que decidí tenderle una trampa a mi fan.

Días después del atentado a mi propiedad, llevé, como todos los días, a Molly a casa, Margarita la esperaba en la puerta con una media sonrisa. Aquella mujer era tan tranquila, tan pasiva, no se metía en nada, a veces ni hablaba. Cuando la conocí pude jurar que era muda, una mujer de las que quedaban pocas en la época, femenina y muda, la muñeca perfecta.

Levanté el brazo a modo de saludo mientras las dos entraban, después caminé hasta el mercado, a esas horas aún seguía abierto para mi interés. En el herbolario pude conseguir salvia, romero, tomillo y laurel; pero había un ingrediente más que no podía conseguir en la tienda.

Minutos después en el bosque, no muy lejos del pueblo, me arrodillé sobre la hierba húmeda de la noche. Me coloqué un pañuelo en la cara tapando boca y nariz, encendí cinco velas de color rojo y las dispuse en el suelo formando un círculo. Dentro de este, posé un cuenco donde deshice cada ramita de cada planta que compré.

Cuando en el silencio de la noche pude escuchar una respiración cerca de mí, comencé a hablar en alto con una planta amarillenta en la mano.

—Esta hierba mágica se llama Ruda. No se vende en tiendas, por lo que hay que buscarla en el bosque. Me ha costado mucho encontrarla, pero espero que merezca la pena. ¿Sabes para que sirve la ruda? Se cree que sirve para ahuyentar a los enemigos, para alejar toda pista de brujería, de mala suerte, el mal de ojo... Yo en cambio... —Mientras hablaba me dispuse a arrancar las ramitas de ruda dentro del cuenco— prefiero pensar que sirve para desenmascarar a tipos como tú. —Con un mazo, machaqué el contenido del recipiente—. Este aroma es increíble, ¿no crees? Te atrapa.

» La salvia ayuda bastante a que los otros ingredientes se potencien, a estas alturas ya debes estar algo mareado. Puedo notar tus pulsaciones, estás muy acelerado. —La sombra, que se encontraba escondida tras un árbol, tuvo que apoyar la espalda en el tronco ya que se encontraba algo aturdida—. También encontré algunas adelfas que son preciosas, por cierto, pero ¿sabes qué pasa si se queman? —Cogí una de las velas y quemé una ramita de esta última, que introduje en el cuenco haciendo que la mezcla ardiera poco a poco—. Deberías taparte las fosas nasales o acabarás cayéndote al suelo —escuché el ruido de pisadas sobre la grava—. ¿Ya te caíste?

Me levanté del suelo y me encaminé lentamente hacia el ruido. No me quite el pañuelo, ya que el aroma de la mezcla de hierbas quemada seguía en el aire y la humedad de la noche no dejaba que se dispersara correctamente. Detrás del árbol, no había nadie.

Pasaron los días y noté que aquella sombra ya no existía, por lo que el acto de aquella noche funcionó, pero aún sentía una extraña sensación en mi interior. Había desatado alguna furia que podría dar la cara en cualquier momento.

Me encontraba con las rodillas flexionadas, a la altura de Molly, ayudándola a no salirse de las líneas de puntos, mientras la señorita Strommer leía el periódico. La veía cambiar la expresión de su cara de una de desconcierto a otra de desagrado, por lo que me levanté y fui hacia ella.
—¿Ocurre algo?
—Es horrible... Han encontrado a dos chicos muertos en un coche frente al supermercado. Estuvieron molestando a unos perros callejeros y les atacaron, ¡qué horror! —decía mirando la imagen del vehículo vacío rodeado por un cordón policial. Se podía ver a Corbin y sus ayudantes observando la escena y un cuerpo envuelto en plástico subido a una camilla
»Es horrible, horrible. Tengo que guardar esto antes de que lo vea la directora Strauss —dijo mientras metía el artículo en su bolso.
—Hace días destrozaron mi tienda, últimamente este pueblo está...
El grito de un niño me interrumpió, por lo que giramos la cabeza, encontrándonos con un pequeño llorando a mares mientras se tocaba la oreja. Acudimos a él rápidamente, Strommer apartó su manita, dejando ver una oreja llena de sangre.
—Hay que taparle esa herida —dijo ella sacando de su bolsillo un pañuelo y poniéndoselo en la zona—. Ya está, ya está, no pasa nada. Voy a llamar a tus papás, ¿sí?

Cuando Strommer salió del aula, yo revisé la oreja del crío retirándole el pañuelo con cuidado, cuatro marcas perfectamente detalladas se podían distinguir. Abrí la boca asombrada, arrugué el entrecejo y miré a la izquierda. El pequeño Pensacola tenía la mirada ausente y la sangre de su compañero caía por la comisura de sus labios; nunca vi nada igual. Volví a tapar la herida mientras abrazaba al niño que no paraba de llorar, pero mis ojos no podían dejar de mirar a Simón.

Varios puntos le cosieron a la víctima mientras el pequeño homicida fue enviado al despacho de la directora Strauss, una hora se llevaron allí dentro junto con el Padre Thomas.

—Y por eso Molly es por lo que debes tener cuidado al jugar con Simón —decía a mi sobrina mientras caminábamos hasta casa.

—¿Por qué crees que le mordió? —preguntó ella.

—¿Tenía hambre?

—Puede ser. Una vez, Spike se comió una rata porque papá no fue a comprar comida para él y tenía hambre —dijo ella, caminando por encima de los bordillos con los brazos extendidos.

—Spike es un perro, está en su naturaleza cazar —respondí.

—¿Y nosotros no?

Tal como lo preguntó, dio un saltito a la acera y caminó delante de mí, dejándome con la pregunta en la cabeza.

Capítulo II
Febrero de 1981
(Narra la autora)

En pleno bosque de Hard Spring, un hombre se encontraba corriendo por su vida. Los cuentos infantiles que le habían contado siendo pequeño estaban cobrando vida. Podía oír las pisadas de aquellos perros viniendo hacia él, no hacía frío, pero su cuerpo desnudo temblaba. Emitió un grito en el momento en que las plantas de sus pies pisaron hojas como espinas, pero siguió a delante, mas su propio cuerpo lo traicionó haciéndolo caer al suelo. Su respiración se agitó, miró a su alrededor, solo árboles y hierba lo envolvían.

Vislumbró lo que sería su final en la mirada de aquellos perros, que lo observaban con deseo y nervios. Unas manos agarraban las ataduras de aquellos animales.

—No, por favor —imploró el hombre llorando.

Aquellas manos soltaron las ataduras liberando a los perros.

(Narra Molly)

Me encontraba en la oficina de la directora, con las manos encima de mi barriga y con ganas de vomitar. Escuchaba como la señorita Strommer llamaba a casa para que me recogieran mientras daba pequeños golpes con los dedos en la mesa, la paciencia no era su fuerte.

—Bueno, Molly, tu mamá no lo coge. Probemos con tu papá —dijo ella mientras marcaba otro número en aquel ladrillo verde con antena—. ¿Sí? Sr. Stone, soy la profesora de Molly. Llamo porque se puso enferma, creo que fue el almuerzo y necesito que vengan a buscarla... De acuerdo.

Cuando colgó, me mostró aquella sonrisa de dientes blancos, me tendió la mano que yo le agarré y me acompañó hasta la salida. Poco después, llegó mi progenitor con Spike en el asiento de atrás. Habían estado en el veterinario.

—Princesa, si te entran ganas de vomitar hazlo aquí —dijo él, tendiéndome una bolsa de papel que olía a comida basura—. Tengo que pasarme por el trabajo —comentaba mientras conducía—. No tardaré mucho.

Aparcó ante el banco, él se dedicaba a llevar las cuentas de todas las personas del pueblo. «No se me puede escapar un número», decía. A veces se pasaba el día entero metido en aquella oficina aburrida o en el despacho que tenía en casa.

Cuando pensé que el dolor de barriga había pasado, una sensación de fatiga volvió a recorrerme el cuerpo. Saqué la cabeza por la ventana, esperando que el aire me diera en la cara, cuando un bulto entre unos cartones y unas mantas en un callejón colindante al banco llamó mi atención.

De aquel bulto salió un hombre sucio y desaliñado, su ropa rasgada y sus zapatillas viejas dejaban ver unos dedos de los pies bastante negros. El hombre llevaba un cigarro chafado en la boca del que me llegaba un olor extraño. No era como el tabaco que fumaba mamá o la dependienta de la tienda, este era un olor más fuerte, provocaba que mis náuseas se hiciesen más intensas. Notaba como mi garganta se ensanchaba intentando aliviar mi barriga.

El hombre cogió un carrito de la compra, que tenía justo al lado, y comenzó a caminar por la acera pasando a nuestro lado. Me dirigió una mirada y hasta una pequeña sonrisa, que no se parecía en nada a la de la Señorita Strommer. Esta era bastante desdentada y los dientes que tenía eran verdes o amarillos; no supe distinguirlo bien.

Cuando se marchó, observé que Spike estaba enroscado en el asiento, temblando. No supe distinguir si era frío, pero al pasar aquel hombre no soltó ni un solo ladrido, como era costumbre con los desconocidos. Entonces papá volvió con una carpeta en las manos y nos fuimos a casa.

(Narra Elisa)

Tantos meses habían pasado desde aquella pregunta que no supe contestar y ahora aquí, apoyada contra la pared y ante la caja registradora, me vuelve a venir a la cabeza. Tenía en la mesa el periódico del día, una persona ha sido hallada muerta en el bosque. «El forense está trabajando sin descanso en la identificación del cadáver», decía el artículo. ¿Que identificación? ¿Qué cadáver? Los animales cenaron bien aquella noche.

Dejé aquellos pensamientos a un lado y cerré la tienda para ir hacia la escuela, encontrándome en mi camino vehículos de ayudantes del sheriff por todas las esquinas. Corbin había puesto a la gente en alerta al mismo tiempo que hablaba de tranquilidad.

Al llegar hasta el colegio, fui en dirección a las cocinas. Allí se encontraba Martha, otra voluntaria y devota de San Thomas, mujer puntual y pomposa donde las haya.

—Buenas tardes, Martha —dije acercándome con mi mejor sonrisa—. Veo que ya tienes lista la olla, otra vez cuchara.

—Claro, querida —decía ella mientras agarraba un tazón y vertía con la ayuda de una cuchara, un líquido espeso color verde con trozos de carne algo rosada—. Es el alimento de nuestro señor. Tú deberías de comer algo, estás muy delgaducha.

—Gracias —dije. «Si como eso lo expulsaré», pensé mirando como agarraba otro tazón haciendo lo mismo—, pero no tengo hambre. Voy a ir preparando las mesas.

Agarré de una cesta una manzana roja y comencé a morderla mientras disponía las mesitas para los alumnos. Tan pronto como llegaron, se sentaron a comer aquel mejunje verde resistible.

Escuché desde una mesita el llamado de la fierecilla y caminé hasta ella, observando como hablaba en voz baja con sus compañeros.

—Hola, niños, ¿cómo está la comida? —pregunté al grupo. No contestaron, por lo que deduje que tampoco tendrían hambre—. Martha ha cocinado con mucho amor, comed esto tan rico. Venga.

—Tita, ¿sabes doblar una cuchara? Lo vi en la tele anoche —dijo ella sonriendo.

—No, no sé, pero sí sé hacer desaparecer... —Los cinco críos, que allí había, estaban atónitos con lo que les decía. A saber qué les habrá contado la niña— ¡a los niños que no comen!

En ese momento, cada uno cogió la cuchara y empezó a sorber del tazón. Con una sonrisa de satisfacción, caminé hasta la señorita Strommer que se encontraba apoyada en la pared con una fiambrera en la mano.

—¿Porque no come en su despacho? Yo vigilo.

—Lo haría, pero hoy somos menos. El padre no ha venido y alguien tiene que supervisar —dijo ella mientras comía— y para colmo la directora Strauss tampoco está.

—Solas entonces. ¿Se atreve usted a decirle a Martha que la comida de hoy es incomible o se lo digo yo?

—No seas mala, Elisa —se rio ella, casi se atraganta con el arroz—. No está tan mal. Es verdura, al fin y al cabo.

—Si, será un milagro si alguno de los niños no se va hoy vomitando.

Dicho y hecho, una hora más tarde, Molly fue recogida por Peter con el estómago medio vacío y su uniforme manchado. Apoyada en la ventana del aula los vi marcharse. Una trifulca hizo que me diera la vuelta.

—Chicos, ¿qué pasa?

Uno de los niños intentaba desesperadamente arrancar una pelota de los brazos de Simón Pensacola.

—Simón, para. Hay que compartir —dije, mirándolo severa.

—Tú no mandas aquí, bruja —me gritó aquel niño, señalándome con el índice.

Me eché hacia atrás al sentir como ese pequeño monstruo me enviaba a través de ese dedo una energía que no había percibido hasta ahora. Una batalla se estaba librando en mi interior y la sensación que me transmitía estaba ganándome.

Lo miré a los ojos y...

—¡Simón Pensacola, baja ese dedo ahora mismo! —La orden de la señorita Strommer libró a ese crío de una pesadilla horrible—. Estás castigado sin salir al patio, jovencito.

Nada comparado con lo que pasó horas más tarde. Tras la ausencia del Padre, tuve que acompañar al pequeño demonio a su casa. No era el mismo niño, ese Simón que tan sumamente tranquilo caminaba agarrado de mi mano no parecía haber roto un plato, hasta una pequeña sonrisa se hacía notar. Su andar era pausado y silencioso, la energía que transmitía era sosegada.

No entonó palabra como me tenía acostumbrada Molly, no miraba hacia otros niños que pasaban a nuestro alrededor ni me insistió para comprar alguna chuchería; era como caminar con un perro viejo que no tira de la correa.

Al llegar a la casa y tocar el timbre nadie nos abrió la puerta, por lo que Simón y yo caminamos rodeando la casa hasta llegar a la puerta que daba al jardín trasero. Desde fuera se veía vacía, pero unos ruidos se escuchaban en el interior así que volví a llamar, pero no abrió nadie. Me dispuse a llamar al Sheriff, ya que los ruidos me estaban asustando y con las cosas que últimamente pasaban en el pueblo era mejor prevenir.

Sin previo aviso, apareció detrás de nosotros Thomas con cara seria. Cogió del brazo al niño de mala manera y se metieron en la casa, ni las gracias me dio.

Me fui a casa pensando todo el tiempo en aquellos ruidos y en el comportamiento de aquellos dos individuos unidos por la sangre. Una vez me cansé de dar vueltas por todo el salón, decidí meterme en mi coche y conducir hasta la única persona en este pueblo que tendría la misma curiosidad que yo.

—Elisa —dijo Corbin apoyando su espalda contra la silla de su despacho—. Serían imaginaciones tuyas.

—Y un cuerno imaginaciones —dije paseándome con los brazos cruzados delante de aquel hombre—, lo que oí era real. Thomas esconde algo y su sobrino necesita un psicólogo o un exorcista, yo que sé.

—¿Quieres que vayamos a tomar un café? —preguntó sin darle importancia, lo fulminé con la mirada—. Elisa, tengo desapariciones y muertes que no sé por qué están sucediendo, tengo a la prensa encima. La gente se marcha del pueblo por miedo a ser los siguientes —enumeró, inclinándose en la mesa, apoyando sus codos y uniendo sus manos.

»¿Sabías que se ha encontrado a un vagabundo muerto por una hipotermia que no conseguimos entender cómo se produjo si la noche anterior no hubo helada? —dijo con un tono desesperado en la voz—. ¿Te puedo pedir que me dejes investigar a mí al menos? —suspiré, aun mirándolo—. No te metas en nada.

—No haré nada —dije caminando hasta la puerta, dándole la espalda

—Elisa —escuché el ruido de la silla moviéndose—, por nuestra amistad te lo pido.

Me di la vuelta y lo miré con una sonrisa antes de salir de allí. Espero que no se entere de que meteré la nariz hasta el fondo.

Durante la noche no pegué ojo pensando en aquello. Tumbada en la cama y mirando al techo, repasaba una y otra vez las cosas que habían pasado desde hace meses: la sombra que me perseguía y de la que pude deshacerme, el carácter bipolar de Simón, el comportamiento de Thomas.

Una imagen me vino a la cabeza: el Padre hablando detrás de la valla del colegio con un hombre que yo no había visto nunca. Parecía que discutían, aunque con el Padre Thomas siempre se habla discutiendo. Thomas es una de esas personas con las que solo se puede hablar en voz alta y te hace sentir como si te estuviera castigando por algo. No debe de ser muy feliz con su vida, aunque criar a un niño agresivo solo no debe ser muy fácil.

Di un salto de la cama y fui hacia el escritorio, cogí un folio donde escribí varias anotaciones y lo pegué con celo en la pared. No quería que se me olvidase nada.

Capítulo III

(Narra la autora)

Era de noche, una mujer de edad avanzada dormía plácidamente en una mecedora, balanceándose frente a un televisor en el que la imagen se distorsionaba mostrando, entre escena y escena, una pantalla de motas de color negro y blanco. De repente, en el silencio del lugar se escuchó un ruido que hizo que la mujer despertase y se pasase la mano por la barbilla, quitándose los restos de saliva que le habían caído.

Se levantó y caminó hasta la puerta. Antes de poner la mano en el pomo, volvió a escuchar otra vez aquel ruido proveniente del granero, por lo que agarró un bastón que tenía escondido y abrió la puerta, encaminándose hacia el lugar.

Dentro del granero, un cubo de agua halló tirado en el suelo, haciendo que se formara un gran charco de barro que se esparcía. Un gato negro se encontraba subido al cubo, pasando una de sus patas por la cara.

—Maldito gato —dijo ella al descubrir al causante de tal estropicio—. ¿Quién está ahí? —preguntó al escuchar la pisada de una bota tras de sí, por lo que levantó su bastón dispuesta a arrear a cualquiera—. Oh, es usted, Padre. Si viene a volver a discutir, ya le digo que mis terrenos no los venderé.

—Lo sé, la oí —dijo aquel hombre parado en la puerta observándola—. Pero usted no me escuchó a mí lo suficiente.

La mujer vio como de la oscuridad de la noche que había detrás de Thomas, surgieron nueve figuras ataviadas con capas de un color rojo intenso.

El corazón de la señora comenzó a latir de manera desorbitada.

(Narra Elisa)

Me encontraba apoyada en la pared, observando como los niños jugaban mientras yo me perdía en mis pensamientos. Existía una pequeña casita, una granja en las afueras de Hard Spring, donde las gallinas corrían y del huerto crecían unas tomateras enormes. A Molly le encantaba hacer excursiones a la granja de la señora Parks porque podía correr por entre los girasoles y perseguir a los pájaros que se posaban en la hierba buscando bichos.

A mí de pequeña también me llevaron allí una vez, fue la primera vez que lo vi.

Escapaba de los gritos de los niños que querían encerrarme en el establo y enterrarme en bosta, eso decían para asustarme. Me alejé corriendo entre el campo de girasoles llegando hasta el bosque. A pesar de haber dejado de escuchar los gritos, yo seguí corriendo hasta tropezar con la raíz de un árbol que sobresalía de la tierra.

Caí llenándome de barro las manos, mi tobillo se hinchó y, aún con mis manos manchadas, me quité el zapato y el calcetín esperando que me aliviase el dolor. Resoplé mirando a mi alrededor, me encontraba sola, en medio del bosque, sucia y herida. Por mi mano izquierda comencé a notar las hormigas corriendo por ella, por lo que la aparté rápidamente. Entonces, miré hacia el hormiguero que se estaba formando cerca de mí, encima de un rostro que no era de un animal.

—Elisa, te estoy hablando —La voz de la señorita Strommer me devolvió al patio—. ¿Es por lo que te dije antes?

Asentí. Ya en la radio, esa misma mañana, la locutora comenzaba el día con la subida desorbitada de la luz, cosa normal en febrero y en este pueblo donde casi no llegaba la luz del sol, a pesar de que a veces algún rayito se desviaba provocando una subida de temperatura durante pocos días en los que se agradecía el calor... y acabó con la desaparición de aquella anciana que tantas alegrías había dado a tantos pequeños.

No lo quise creer, pensé que aparecería a lo largo de las horas, pero Strommer me lo confirmó al llegar al colegio.

—Una pérdida horrible. —El padre Thomas apareció interrumpiendo la charla.

—Solo está desaparecida. No murió, Padre. Tranquilo, no empiece a estudiar un sermón para la misa del Domingo —contesté—. Aparecerá.

—Dios quiera que sí, niña —exclamó Strommer.

—El señor la está cuidando allá donde esté —dijo Thomas.

El gimoteo de una niña me salvó de seguir escuchando a ese hombre, caminé hacia ella y me agaché a su altura para observar la marca rojiza en su rodilla. Desvié la mirada hasta la valla del patio, ahí estaba ese tipo del sombrero de paja y aspecto caduco mirándome serio. No me quitaba la vista de encima, pero yo no me iba a quedar atrás, por lo que le aguanté la mirada haciéndole saber que no me daba miedo. La conexión se perdió cuando el Padre Thomas llegó hasta él y comenzaron a hablar. Otra situación que colgar en mi pared.

Más tarde, agarré mi coche y conduje hasta las afueras, llegando hasta la granja. No se me permitió pasar, todo estaba acordonado y un ayudante del Sherif se encontraba dando vueltas con una linterna, espantando a curiosos que venían de otros pueblos cercanos atraídos por los sucesos que estaban aconteciendo. Aparqué justo al lado de los vehículos de prensa y de los citados anteriores, como si fuera una más, pero a diferencia de estos yo conocía el lugar.

Vigilando que no me vieran, caminé separándome de la multitud hasta la parte trasera de la granja, hasta el granero. Este también se encontraba acordonado para que nadie entrara y el ayudante se encontraba lejos del lugar, por lo que me decidí a levantar la cinta, pero todo no podía ser tan fácil.

—Elisa, ¿qué estás haciendo? —La voz de Corbin me sobresaltó.

—Me asustaste, ¿cómo me vas a gritar así? —dije con mi mano en el pecho a la altura del corazón.

—Te dije que no te metieras —me dijo.

El sheriff tenía una expresión en la cara de enfado y su ceño se encontraba fruncido. Me agarró del brazo, haciendo que caminara hasta el primer cordón donde se encontraba la prensa.

—Corbin, ¿qué has encontrado? —pregunté mientras caminaba a trompicones, notando su mano apretándome el brazo.

—No te incumbe, Elisa. Es un asunto policial —decía él—. Eso significa que es secreto.

—¿Es sobre la señora Parks?

—No, Elisa. —Corbin me dio la vuelta para encararme, nunca lo había visto de esa forma—. Lo único que te voy a decir, y para que me dejes en paz, es que no tengo nada, ni sospechosos ni culpables. Ni siquiera tengo víctimas, solo un puñado de papeles en una mesa a los que no consigo encontrarle lógica.

—Pero puedo ayudarte…

—Vete a casa —me dijo al llegar hasta la cinta policial y darme la espalda.

Me fui de allí molesta, aunque el mismo Sheriff me había dado una pista sin darse cuenta. Aprovechando que él estaría en la granja y gran parte de sus ayudantes patrullando, conduje hasta la comisaría. En la recepción se encontraba un joven ayudante apoyado en la mesa, haciendo el crucigrama del periódico sumamente concentrado. Me acerqué a él llamando su atención.

—Esperpento —solté, lo que hizo que diera un respingo en la silla sumamente gracioso—, palabra de diez letras, que comienza por E y sinónimo de adefesio: esperpento.

—También podría ser Espantajo —contestó el.

—Eso son nueve letras

El ayudante, al haber perdido la batalla, dejó el periódico a un lado y me miró, esperando una excusa para mi interrupción en su ardua tarea.

—En octubre destrozaron mi tienda y quiero saber si encontraron al culpable ya. El material que tuve que tirar a la basura cuesta mucho dinero —relataba yo indignada, haciendo mi papel endiabladamente bien y cada vez alzando aún más la voz—. Le pienso sacar todo el dinero que tenga a ese bichejo asqueroso.

—Sí, sí, lo pillo. Cálmese —dijo él, alzando las manos—. Creo que el archivo debe estar guardado en el almacén. Espere aquí, señora.

—Señorita —contesté rápidamente—, señorita Elisa Stone Suit. Regento la única mercería atacada injustamente en este pueblo y...

—Vale, de acuerdo —dijo el ayudante irritado por mi conducta—. No se mueva.

Él se alejó bajo mi atenta mirada y, cuando lo vi entrar en el cuartucho, caminé hasta el despacho de Corbin. Di gracias de que la puerta no tenía echada la llave y cerré tras de mí.

Lo primero que vi fue la mesa de roble repleta de papeles, la foto de boda de Corbin y esposa decorando una esquina, el teléfono en la otra y, en medio del despacho, una caja enorme con un ordenador a medio embalar y varios pares de cables sobresaliendo.

«La tecnología llegó a Hard Spring», pensé.

Levanté cada hoja poco a poco, no eran más que informes de autopsias. Leí y releí las hojas una por una, tan solo encontrándome con muertes justificadas, hasta que hallé una de las tantas respuestas que buscaba. En uno de esos informes citaba el nombre de una mujer con el apellido Parks, aunque no tenía foto pisada con clip supe que era la anciana, las dimensiones del cuerpo se identificaban con las de aquella mujer de medidas anchas. En las observaciones leí que fue hallada con marcas extrañas en los tobillos y con el rostro desfigurado en medio del campo de girasoles.

—¿Señorita Stone?

Me asusté al escuchar el llamado del ayudante y solté el informe en su sitio, asomé la cabeza por la puerta del despacho, de espaldas a mí me buscaba con la cabeza por lo que, rápidamente, busqué en mi bolso mi manojo de llaves. Entre ellas tenía un péndulo hipnotizador, que pocas veces en mi vida había tenido que usar, sin embargo, esta era una de esas ocasiones.

Salí del despacho tranquilamente.

—¿Que hacía ahí dentro? —decía, acercándose a mí con el ceño fruncido—. Es acceso restringido. Voy a tener que esposarla y meterla en una celda hasta que llegue el Sheriff y tendrá que dar expli… —El ayudante se detuvo delante de mi mano alzada, con el péndulo moviéndose de un lado a otro.

—No me has visto —dije, mirando como sus ojos se fijaban en el péndulo.

—No, no la vi —tartamudeo él.

—No hablarás con Corbin —asintió—. Te vas a volver a sentar y escribirás la palabra "esperpento" en el crucigrama —volvió a asentir—. Repite conmigo: soy un perdedor y me creo muy listo.

—Soy un perdedor y me creo muy listo —dijo el ayudante.

Me reí. Aún con mi brazo alzado para que no se perdiera la conexión, caminé hasta la puerta y me marché. Corbin me había mentido.

(Narra la autora)

Horas más tarde, después de clasificar pruebas en el granero y de espantar a la prensa y a los preguntones, Corbin se dirigió a su casa. Mientras conducía, solo pensaba en darse una buena ducha y dormir un poco.

—Aquí Sheriff Corbin —dijo alzando la radio para comunicarse con la comisaria—. ¿Me oye, agente?

—Si, señor, alto y claro —contestaron al otro lado.

—¿Alguna novedad? —preguntó.

—No, señor. Todo ha estado tranquilo aquí. —El ayudante dudó un momento, como si una parte de aquella noche se hubiera borrado de su mente.

—Recibido, voy a descansar un poco. Cualquier novedad que contacten conmigo inmediatamente —ordenó el Sheriff— y, por cierto, espero que ese maldito cacharro esté instalado en mi despacho para cuando vuelva por la mañana.

—Si, señor, me pondré con ello enseguida.

Aparcó en la acera y caminó hasta la puerta, pero un ruido lo hizo retroceder. Con el ceño fruncido y la linterna encendida, caminó por el jardín.

—¿Quién está ahí? —preguntó con todos sus sentidos en alerta.

Corbin alumbró toda esquina de la fachada, todo árbol y todo matorral a su paso. Comenzó a escuchar el balanceo del columpio que hace poco había construido con dos cuerdas y un trozo de madera, lo había atado fuertemente al roble más alto de la parte trasera del jardín cuando supo, hacía un año, que su esposa estaba embarazada con la idea de que algún día su hijo se balancearía con él. Alumbró aquel lugar encontrándose con el objeto moviéndose de adelante hacia atrás empujado por el aire.

Bajó la linterna suspirando.

—Maldito viento —dijo en voz alta.

Entró en la casa, subió las escaleras a oscuras. No quería despertar a nadie, aunque por los gimoteos del primer piso sabía que una personita lo esperaba despierta. Llegó hasta la habitación encontrándose con dos manitas agarrando el borde de la cuna.

—Hola, Lucrecia. ¿Qué haces despierta? —dijo Corbin alzando al bebé de ojos muy abiertos—. Vamos a ir a buscar a mamá, ¿está bien?

La más pequeña sonrió como si entendiera lo que su progenitor decía y se agarró al brazo del hombre. El Sheriff caminó por todo el pasillo con la niña en brazos, llegó hasta la habitación que compartía con su esposa y esta no se encontraba en su cama. Escuchó el agua del grifo de la bañera correr, por lo que pensó que estaría dentro. Llamó con los nudillos a la puerta, no obtuvo respuesta. Llevó su mano al pomo, pero este no abría.

—¡Cariño! —llamó el—, ¿cerraste con cerrojo?

Corbin notó humedad en sus zapatos, por lo que agachó la cabeza, encontrándose con un charco de agua saliendo por la parte baja de la puerta. Sin perder tiempo, dejó a la niña sobre el colchón y empujó la puerta del baño, golpeando fuertemente.

Al escuchar los golpes de su padre, la pequeña Lucrecia comenzó a llorar asustada. Corbin al escuchar el llanto de su hija se tensó aún más, lo que le dio fuerzas para alzar su pierna y forzar con una patada la madera, haciendo que esta se abriese al fin.

—¡No! —Corbin entró rápidamente y alzó de la bañera el cuerpo inundado de su esposa, a la que comenzó a asistir con un masaje cardíaco—. ¡No, no me hagas esto! ¡Despierta, por favor! —suplicaba el hombre, intentando desesperadamente traer de vuelta a la vida a la madre de su hija.

Capítulo IV
(Narra Elisa)

—No puedo creerlo... Era una mujer tan joven —oía hablar a mi madre mientras yo conducía.

Íbamos de camino a casa de Peter. Después de despedir a la señora de Corbin, otra mujer refinada como lo era Margarita, trabajaba en la alcaldía, clasificando archivos y era otra seguidora católica del padre Thomas. Aunque yo esa mañana me había quedado en la puerta de la iglesia, observé todos los movimientos de aquel hombre de Dios desde la puerta.

Todo el pueblo se encontraba agolpado en el interior, Corbin se encontraba en el banco principal con su hija en el carrito algo nerviosa, intentando que se callase meciéndola sin mucho resultado.

Entendía a esa niña, a mí tampoco me gustaban los días así, tan grises, tan oscuros.

—Y dejar a una niña tan pequeña, ¿cuantos meses tiene? —preguntó ella.

—Apenas tres, mamá —contesté con las manos en el volante.

En medio de la misa, entré para socorrer a mi amigo. Todos se sorprendieron, incluso Thomas dejó de hablar, toda la iglesia se quedó en silencio mientras yo caminaba apresurada hacia aquel desesperado padre, ponía las manos sobre el carrito y me llevaba al bebé hacia la puerta conmigo. Nunca olvidaré la cara de Corbin, sin ningún tipo de sentimiento en su mirada, pero aun así sus manos temblaban. No se me quitaba esa mirada de la cabeza.

—¿Viste ese cuadro que ha colgado el padre? —asentí—. Es horrible, feo, ¿a quién se le ocurriría semejante escena?

—Fue Thomas, quién lo pintó mamá —dije.

Dejé correr el volante para poder aparcar en la acera, bajé del coche y rápidamente fui hacia la otra puerta, pero ella la había abierto primero.

—Pues a mí no me gusta —dijo ella con un tono de rechazo mientras agarraba mi brazo—. Desprende una energía muy negativa.

—Sí, lo noté —dije ayudándola a levantarse y caminar—. Intenté no mirarlo mucho.

Ella no me contestó y caminamos lentamente hasta la puerta. Nada más tocar el timbre, Margarita abrió con Sam en sus brazos, Molly saltó hacia mí y la atrapé.

—Bueno, bichito, ¿dónde está tu papá? —pregunté, buscando a Peter con la mirada.

—En su despacho, trajo trabajo del banco y ya sabes como es —dijo mi cuñada.

—Molly, ¿vamos a rescatarlo? —Ella asintió, aún agarrada a mi cuello.

Subimos las escaleras rápido y, sin pedir permiso, abrimos la puerta. Dentro de aquel cuartito nos encontramos con mi hermano sentado en su mesa, observando atentamente un papel que, nada más me vio entrar, enterró entre otros papeles.

—Chicas, ¿qué hacéis aquí? —preguntó él asombrado mirando su reloj de muñeca—. Ya es la hora de comer.

—Mamá quiere que bajes —dijo Molly, moviendo sus piernas para que la bajara al suelo

—Sí, Peter, es mejor que dejes lo que estuvieras haciendo —dije mirando aquella montonera que había despertado mi curiosidad— o se enfriará.

—Sí, sí —dijo él, alzando los brazos para que nos fuéramos—, enseguida bajo.

—Molly, baja tú que se me pasó contarle una cosa a papá —dije a la altura de la niña. Ella solo sonrió y se fue—. ¿Qué era eso?

—Trabajo, y mucho —dijo él empujándome hacia la puerta.

Forcejeé con él. No era más alto que yo, por lo que con un simple pisotón con la suela de mi bota conseguí que se alejara dolorido. Corrí hacia el escritorio y revolví los papeles hasta encontrar el que buscaba.

—El Padre Thomas ha comprado los terrenos de la señora Parks —dije con los ojos abiertos, mirando aquel documento firmado por Pensacola—. ¿Cómo es posible? —pregunté mirando a Peter que había puesto los brazos en jarra—. Strommer me dijo que la granja fue donada a la iglesia, ¿cómo es posible que la comprase? ¿A quién...? —seguía yo balbuceando—. Peter, ni siquiera pasó un mes. Esa mujer... —Me detuve un segundo, sin saber ciertamente que eran los documentos que había encontrado en el despacho de Corbin—. No se sabe aún si está muerta o no... No lo entiendo.

—Elisa, cálmate, a Parks se la dio por muerta. Era una anciana que vivía sola, en cualquier momento podía pasar. Ante un juez, los herederos —dijo él, acercándose a mí— en este caso sería el banco y puede hacer con el terreno lo que quiera.

—No me lo puedo creer, Peter —dije desconcertada, meneando al papel—. ¿Cómo dejas que pase? Esto es una compra, no una donación. ¿Con qué dinero ha pagado Thomas esto?

—Soy banquero, es mi trabajo. —Me quitó de mala gana el documento y lo volvió a enterrar entre los papeles—. Más te vale que no digas nada o me perjudicarás... se le llama donación para que la gente no piense que...

—¿Qué? —pregunté—. ¿Qué Thomas se lucra con el dinero que la gente le da los Domingos?

—No es asunto tuyo, Elisa —dijo él mientras recogía todos los archivos acumulados del escritorio—. Para el pueblo, la señora Parks sigue desaparecida y la granja fue donada a la iglesia, ¿de acuerdo?

—No sabes lo que estás haciendo, voy a destapar a Thomas —dije decidida, él se rio.

—¿Destapar qué? —contestó—. Seguramente querrá la granja para gente sin hogar o hará un refugio para animales, no lo sé. No comiences con tus delirios de "todo es un complot".

Abrí la boca para contestar aquello, pero un grito desde la planta baja anunciando que la mesa nos esperaba me hizo retroceder.

—Aún no hemos terminado —le dije.

Bajé las escaleras y me encontré a mi sobrina mirando por la ventana del recibidor. Me agaché a su altura, posando la cabeza sobre su hombro e intentando encontrar el lugar donde miraba tan embobada.

—Molly, ¿qué estamos buscando... —pregunté mirando a la calle— exactamente?

—¿No lo ves? —dijo ella—. Está ahí, el hombre de los dientes amarillos.

Alzó su mano y su dedo índice se posó en el vidrio. Miré hacia donde ella apuntaba encontrándome con un árbol, la acera, coches, personas; pero no veía a nadie extraño.

—Tiene frío —susurró ella.

Agarré de la mano a la niña y la aparté de la ventana, llevándola conmigo hasta la mesa.

(Narra la autora)

Dentro de una casa, en una mesa rectangular alargada se encontraban sentadas diez personas, los más influyentes, los castigadores, mientras que de pie, admirando la escena totalmente en silencio, otras personas se situaban alrededor sin perder detalle, los acusadores, los ojos del pueblo, casi ocupaban el resto de la sala.

Todos ataviados con una capa de color rojo, sus rostros se encontraban cubiertos por la capucha de esta. Tan solo se identificaba al padre Thomas, sentado a la cabecera de la mesa.

—Esa bruja debe morir —dijo la voz de un hombre golpeando la mesa fuertemente.

—¡Oh, cuando entró en la iglesia parecía un ángel! —señaló la voz suave y cantarina de una mujer.

—¡Con un demonio! —contestó otra mujer de voz firme—. Esa chiquilla nos está retando, debemos...

—No debemos hacer nada —contestó Thomas, provocando que los demás soltaran exclamaciones de sorpresa—. Hemos estado resolviendo muchos trabajos y el Sheriff Corbin estará fuera de juego unos días con el fallecimiento de su esposa. Nuestro próximo trabajo será algo menos elaborado: hay mucha prensa rondando por Hard Spring, ¡seguro que hay objetivos que hacer desaparecer! ¡Lucas!

—¿Sí, padre? —contestó su protegido, saliendo de entre las personas que estaban de pie.

—Quiero que visites a Peter Stone, no me fío de él. Apriétale para que acelere la entrega de llaves de la granja —ordenó Thomas—. Va demasiado lento.

El hombre nombrado como Lucas asintió debajo de su capucha.

(Narra Elisa)

Ese mismo domingo por la noche, me senté en el borde de mi cama a observar las hojas llenas de apuntes pegadas a la pared.

Primero fue aquella sombra que me perseguía y no supe quién fue, aunque algo me decía que era aquel hombre de la verja que tanto habla con Thomas. Necesito averiguar quién es y para qué quiere Thomas la granja.

Mi tienda apareció destrozada, supuestamente Corbin apuntó a un grupo de vándalos que andaban haciendo bromas pesadas en Hard Spring, aunque yo no lo creo así. Desapariciones y muertes extrañas que no tenían sentido para mi lógica, el carácter de Simón, ese niño era tan raro... pero si me pongo a pensar en niños raros Molly gana.

He percibido situaciones extrañas en ella, fuera de lo normal. Ella nunca ha sido una niña normal, es más bien especial, lo que Peter llama imaginación me parece algo espectacular en ella y que no está lo suficientemente explotado.

Ahora parece que ve cosas, yo nunca vi alucinaciones, yo percibo energías, hago trucos para asustar a los niños, cosas insignificantes; pero lo de Molly no sé como describirlo, tiene una mente enorme.

Capítulo V
Marzo de 1981
(Narra la autora)

En un hotel de carretera cerca del pueblo, un periodista se encontraba organizando notas para su futuro artículo en un cuaderno, se encontraba concentrado escribiendo los sucesos que estaban llevando a Hard Spring y a su gente al límite. Apuntaba a que un asesino en serie se había alojado en el lugar y tenía atemorizada a la población, señalaba que el alcalde de dicho pueblo no hacía nada por encontrar al culpable y que presionaba a un Sheriff estresado y desvalido por la muerte de su esposa, a quién encontró en la bañera ahogada a causa de un paro cardíaco.

Escribía rápido, quería salir a tiempo para poder llevar a la redacción las imágenes que había sacado con su cámara. Tan concentrado se encontraba que unos golpes en su puerta lo hicieron saltar del asiento.

—¡Ya va! —gritó.

Al abrir la puerta se encontró con una señora de mediana edad, de baja estatura, pelo recogido en un estirado moño y sonrisa amplia, sujetaba entre sus manos una pequeña cacerola.

—¿Puedo ayudarla? —preguntó.

—Oh, querido, discúlpame, soy vecina de Hard Spring. Estoy entregando comida a los periodistas que os encontráis tan lejos de casa —dijo ella amablemente—. Estoy segura de que no habrás comido nada contundente en estos días, ¿verdad?

—Bueno... —dudó el— la verdad es que no, y me haría bastante bien.

Ella le tendió la cacerola, que él agradeció con gusto. Una vez se hubo ido ella, el periodista se sentó a la mesita donde antes escribía, sacó del cajón una cucharilla y comenzó a comer de aquel caldo espeso y verdoso, que devoró en cuestión de segundos. Tras el último sorbo y aún con la cuchara en la boca, comenzó a toser agarrándose la garganta con las dos manos, salpicaduras de saliva impregnada con sangre llegaron hasta las hojas escritas.

Se levantó de la silla para llegar hasta el baño donde bebió agua del lavabo y se refrescó la cara. Al mirarse al espejo y con la cara empapada, comenzó a ver todo a su alrededor borroso, la tos volvió y en el espejo su propia imagen se manchó con sangre. Abrió la boca horrorizado cuando unos toques a su puerta lo hicieron correr pidiendo ayuda mientras que a su paso se tropezaba con cada esquina de su habitación.

—¿Qué le ocurre?

La misma señora de antes se encontraba en su puerta al abrir, con su sonrisa amable y sincera. El periodista cayó de rodillas al suelo intentando hablar, pero de su boca no salía ninguna palabra, tan solo gemidos de dolor. Con sus manos agarraba la falda de la señora, suplicándole en silencio que lo ayudase, pero ella quedó tan solo observando como él caía lentamente al suelo, dejando de moverse.

En ese momento, ella entró en la habitación pasando sobre el cuerpo de aquel hombre y caminó hasta la mesita, hurgó entre las cosas del periodista hasta que encontró lo que buscaba: una cámara de fotos profesional se encontraba dentro de la bolsa de aquel, aún caliente, cadáver. La sonrisa de la señora no se apartó en ningún momento de su rostro, se fue de allí con la cámara y su cacerola.

Un hombre vestido de ayudante del Sheriff, entró a la habitación justo en el momento en que la mujer salió, agarró de las piernas al periodista y, asegurándose de que nadie lo veía, lo arrastró dentro cerrando la puerta tras de sí.

(Narra Elisa)

Llegué con el coche hasta el hotel donde se hospedaban varios de los periodistas que rondaban el pueblo, algo me decía que allí podría encontrar respuestas a mis preguntas.

Fui hasta la recepción y, tras decirme el número de las habitaciones, me encaminé por todo el pasillo llamando puerta por puerta con los nudillos. Varias personas me atendieron con negativas hasta que encontré una puerta entreabierta, que llamó mi atención por el olor a quemado que salía del interior. Entré y vi que una papelera se había convertido en chimenea. Sin perder un segundo, cogí tierra de una maceta que se encontraba en las inmediaciones y la tiré encima de la papelera, haciendo que las llamas se extinguieran poco a poco.

Solté un grito cuando toqué con mis manos desnudas el metal hirviendo. Me saqué la chaqueta, agarré con la manga el borde y me la llevé conmigo, quién había hecho eso tenía mucha prisa por eliminar algo.

Llegué a mi casa y tiré el contenido de la papelera al suelo, algunos papeles se habían calcinado por completo, y en unos pocos se podían leer algunos fragmentos con esfuerzo. Entre las anotaciones supervivientes se podía leer *"Lucas Reece, posible sospechoso", "Un asesino en Hard Spring", "Sospechas apuntan a un exconvicto", "aun sin pruebas materiales".*

—¿Quién será ese Lucas Reece? —me pregunté.

Mis pensamientos fueron interrumpidos por el sonido del teléfono, fui hacia él y lo alcé.

—¿Elisa Stone? —dijeron desde el otro lado.

—Soy yo.

—Llamo de la residencia, es Graciela. Necesitamos que… —se escuchó un ruido fuerte cerca de la mujer— venga enseguida.

Al entrar en el pasillo, pude ver como las enfermeras y celadores se agolpaban en la puerta de la habitación de mi madre. En cuanto la recepcionista, que se encontraba con una bolsa de hielo tapándose la frente, me vio, señaló la puerta indicándome que tenía vía libre para pasar.

Encaramada a una esquina se encontraba ella, enfilando su bastón como si fuera un arma hacia un celador con una jeringa en su mano.

—Señora, por favor, solo queremos que se calme —decía él.

—¡Vete al cuerno, demonio! —gritó ella con una mirada que podría matar a aquel chico si yo no hacía algo.

—Hola, mamá —dije en alto, cuando ella dirigió su mirada hacia mí noté como se destensaba—. ¿Por qué no bajas el bastón? Estoy segura de que aquí nadie quiere hacerte daño.

Cuando llegué al lado del celador, puse mi mano en su hombro y este dio un paso hacia atrás dejándome espacio, puse mi mano en la madera y lo agarré fuertemente, quitándoselo. Llegué hasta ella agarrando su mano, su rostro cambió completamente de expresión. Juntas caminamos hasta la cama donde la ayudé a acostarse.

—¿Que ocurrió? —pregunté acariciando su pelo plateado—. ¿Un mal sueño?

—Él vino aquí.

—¿Quién? —pregunté con asombro, dirigiendo mi vista hacia el personal.

—Señorita, en esta habitación no entró nadie —dijo el celador aun con la jeringa en la mano—, solo el personal del centro. Hace unos minutos estuvo aquí un electricista cambiando cables, se pudo haber asustado.

—No me asusté, ¡no, señor! —dijo ella muy segura de lo que decía mientras echaba la cabeza en la almohada—. Ese tipo se acercó a mí y se llevó un buen golpe.

Yo indiqué al celador que podía acercarse sin problemas y me acerqué al personal que suspiraban de alivio.

—Quiero ver al electricista ahora mismo —ordené.

Había llegado a casa ofuscada, no había podido hablar con el tipo. Según el encargado de mantenimiento fue un enviado del padre Thomas quién arregló aquel enchufe de la pared, un muchacho que se encontraba en el pueblo haciendo chapuces con la supervisión del cura. Por el momento lo dejaría pasar y tan solo escribiría una nota, la pegaría en la pared por si las dudas.

(Narra la autora)

Al quinto día de aquel suceso en el asilo, Peter Stone se encontraba sentado en la silla de su despacho con una taza de café en las manos mientras hablaba con su esposa Margarita por el teléfono, cuando unos golpes a su puerta lo interrumpieron.

—Querida, tengo que dejarte, después hablamos —colgó —. Pase. Oh, Señor Reece, si viene de parte del señor Pensacola puede decirle que el trámite esta casi terminado, tan solo me falt...

Lucas había agarrado a Peter por el cuello de su camisa y lo había alzado un palmo de la silla en la que se encontraba. Peter tragó saliva ante la mirada fría y enfilada de aquel hombre, que parecía querer saltarle a la yugular en cualquier momento.

—Escúcheme, Stone —dijo Lucas soltando algunas gotas de saliva—. El padre desea ir mañana a hacer trabajos en la granja y el cordón policial aún se encuentra estorbando. Quiero que me suelte todos los papeles que tenga por entregar ya para que podamos acceder.

—Sí, sí —tartamudeó Peter—. De-de-decía que solo falta la firma del director que se encuentra de vacaciones, pero cre-creo que podemos arreglarlo —dijo mientras apretaba las manos que no se despegaban de su camisa.

—Perfecto, Stone. Yo me quedaré esperando a que termine.

Lucas Reece soltó a Peter, haciendo que cayera en su silla. Este recobró la compostura e intentó alisarse la camisa, que había quedado toda arrugada. Lucas se mantuvo apoyado en la pared observando los movimientos del hombre nervioso ante tal presión.

Buscó entre los documentos que tenía a mano y encontró uno con la firma del director del banco. Sin mirar a su visitante, calcó exactamente la firma de su jefe, juntó todos los documentos y los sujetó con un clip, los introdujo en una carpeta color pastel y la alzó.

—Con esto podrá acceder a los terrenos sin problemas.

—Es un placer hacer trámites con usted, señor Stone —dijo Reece, arrancando de la mano la carpeta y marchándose del despacho.

Capítulo VI
Abril de 1981
(Narra la autora)

En el despacho de la directora Strauss, la mencionada se encontraba hablando con el padre Thomas, sentada delante de su escritorio de madera con sus manos unidas a la altura de su labio mientras veía como el hombre caminaba en círculos por la habitación.

—La congregación está haciendo un gran trabajo —dijo ella para liberar la tensión que se palpaba en el ambiente.

—Sí, pero estamos haciendo demasiado ruido —contestó Thomas.

Ella quedó pensativa, observando como aquel hombre gastaba el suelo de su despacho. Llevó su mano al primer cajón de la mesita y sacó un paquete de tabaco, se encendió un cigarrillo e hizo señas a Thomas para que alcanzara uno, este negó con un movimiento de cabeza.

—¿Cómo van las acciones de la granja? —preguntó ella.

—Bien, bien —contestó él—. El empujón que le dio Lucas a Peter Stone causó efecto.

Thomas cesó de dar vueltas para caminar hasta la ventana. Detenido ahí, apartó con una mano la cortina para mirar a la calle.

—Entonces ¿qué te pasa? —Strauss ya no aguantaba aquella energía a su alrededor.

—El ataque al asilo no resultó —dijo Thomas sin dejar de mirar la calle.

—Pero si enviaste a Lucas —respondió Strauss sorprendida.

—Sí, pero Graciela siempre ha sido un hueso duro, pensé que en su estado no se defendería. Ahora mi objetivo es otro, ya tengo gente trabajando con ella.

Tras la puerta del despacho, una oreja se encontraba bien puesta captando todo lo que se escuchaba.

(Narra Elisa)

Había llegado temprano a la escuela ese día y me dirigía hacia el comedor para empezar a organizar las mesas, cuando unas voces en el despacho de la directora Strauss me hicieron detenerme de golpe.

Planté la oreja para escuchar mejor, dando gracias a que en ese momento no pasaba nadie.

—...pensé que en su estado no se defendería. Ahora mi objetivo es otro, ya tengo gente trabajando con ella.

—¿Buscabas algo?

La voz de Martha me sobresaltó, haciendo que pegase un pequeño salto.

—No, no, es que estaba por llamar a la puerta de la directora, pero está reunida. Mejor vengo luego —dije con mi mejor sonrisa intentando pasar del tema—. ¿También llegas temprano?

—Sí, querida —contestó ella alzando su cacerola hacia mi trayectoria visual—. Puré de guisantes y zanahoria, mi favorito.

—¿Y si algún día le echa unos trozos de carne? —pregunté.

Ella no contestó y siguió caminando hasta la sala. Debía averiguar de quién estaban hablando.

Minutos después, el salón se encontraba lleno de niños y niñas comiendo. El padre Thomas, Strauss y Martha se encontraban manteniendo una conversación al fondo de la sala mientras yo mordía mi manzana al otro lado, mirando a los pequeños y observando con cierto disimulo al trío.

Strommer se acerca hacia mí, pero no la escucho hasta que me da unos toques en el hombro, entonces giró la cabeza y ahí estaba esa mujer de sonrisa agradable y mirada dulce.

—Te decía que nuestra clase ha terminado y es mejor acompañarlos al aula. Hoy hace frío, así que no saldrán al patio.

Yo asentí, tiré el hueso a una papelera cercana y caminé hacia los pequeños que esperaban en fila en la puerta. Molly me sonrió y yo se la devolví.

Antes de salir de la sala, di la vuelta a mi cabeza para corroborar que Strauss, Thomas y Martha me miraban fijamente, pero lo más extraño era que Strommer estaba detenida a su lado y también lo hacía.

Ya en el aula, los entretuve coloreando todo lo que saliese de su imaginación. Me di un paseo por entre las mesas para cotillear: veía lo típico, flores con rayones y animales deformes hasta que llegué donde estaba Molly, agaché mi cuerpo para ponerme a su altura. Su dibujo consistía en un cuadrado con un triángulo encima, suponiendo que fuese una casita, a la misma altura que esta se encontraban los que parecían ser sus padres y Sam.

Sonreí, al más pequeño lo había dibujado como un círculo con lo que parecía ser un pañal.

—Molly, Sam ya no lleva pañales —dije, pero ella me ignoró, seguía ensimismada en otra hoja diferente—. Spike no es tan grande, ¿a quién estas dibujando?

La observé mientras daba forma aquella figura. A lo largo de una línea negra que suplantaba al tronco, unos tachones de color verde hacían de vestimenta. Un círculo que podía presuponerse era la cabeza tenía una boca abierta y un interior de rayones amarillos. De este círculo, unas líneas largas marrones hacían de pelo. Entre cinco círculos pequeños que hacían parecer una mano se podía entrever una especie de cilindro con unas curvas encima.

—¿Qué es esto, Molly? —pregunté señalando el dibujo.

—Es el señor de los dientes amarillos que me viene a visitar.

Estupefacta quedé ante tal contestación a la que no supe reaccionar. Cuando un niño en otra mesa, llamó mi atención me levanté y caminé hasta él. Las sorpresas no pararon, ya que el pequeño demonio Pensacola que se sentaba su lado había dibujado una persona con lo que parecían unas cuerdas alrededor de unas manos. Dos equis simulaban los ojos y manchas de pintura roja inundaban el cuerpo.

—Eres tú —afirmo Simón

Caminé hacia Strommer y le dije que necesitaba ir al baño mientras notaba en mi boca restos de algo queriendo salir.

Al llegar, posé mis manos en un lavabo y expulsé bilis, haciendo que mi garganta ardiera. Abrí el grifo y me mojé la cara con agua fría. Al mirarme al espejo, me di cuenta de que hiperventilaba por los movimientos de mi cuerpo.

«¿Qué está pasando con estos niños?», pensé.

No entendía nada, sentía como mi corazón quería salir de mi cuerpo. Simón Pensacola acababa de amenazarme. Mi imagen en el espejo se veía desconcertada y el agua del grifo hacía parecer que mis ojos estaban inundados, pero deseché las ideas que se acumulaban en mi cabeza.

Agarré papel y me sequé la cara. Me di unos segundos para recomponerme y volví al aula, donde ya algunos padres llegaban para recoger a los niños.

Dejé a Molly en casa de Peter y me encaminé a casa de Corbin, necesitaba hacerle algunas preguntas. Al abrirme la puerta, su aspecto era de un hombre completamente derrumbado: tenía ojeras muy marcadas, su camisa no estaba ni planchada ni impecable y su olor era mejor que ella. En sus brazos la pequeña Lucrecia se hallaba incómoda y gimoteaba.

—¿Se encuentra el ejemplar Sheriff Corbin en casa o ya se ha ahorcado con su corbata? —pregunté.

—¿A qué vienes? —respondió con otra pregunta mientras me dejaba pasar y cerraba tras de mí—.

Perdona el desorden, no he tenido tiempo. No sé como lo hacía ella —se disculpó.

Al entrar, lo primero que vi fue ropa acumulada por rincones: del pasamanos de la escalera reposaban camisas arrugadas, la espalda del sofá se encontraba manchada de algo que no conseguí saber qué es y los juguetes de la niña inundaban el suelo. Eso sí, en aquella escena repleta de bacterias, la única que se encontraba impoluta era Lucrecia.

Agarré a la niña y caminé con ella hasta la sillita de la cocina, donde la senté mientras Corbin caminaba detrás de mí. Saqué una taza de un armario y me serví café de la cafetera que se encontraba encendida, di gracias a no tener que detenerme a preparar, y me senté ante la mesita, invitando a mi amigo a que se sentara bajo la mirada de la niña que se mordía el puño.

—Primero, estás hecho un desastre. Segundo, necesito información —enumeré para sorber el líquido humeante en mis manos.

—Lo sé y no te pienso contar nada —me contestó, yo bufé—. Elisa, por favor, me he incorporado hace poco y me duele la cabeza. Ponlo fácil o te echo a patadas.

—¿Quién es el hombre que trabaja para el padre Thomas?

—Si lo quieres saber, tiene tu edad —contestó—. Está en el pueblo desde hace unos años, se llama Lucas no sé qué —dijo eso último haciendo memoria entornando los ojos—. Llegó con unos asuntos policiales y se quedó trabajando para el padre.

—¿Con asuntos policiales te refieres a asesinato?

Al oír mi pregunta, negó con la cabeza y se levantó alterado de la mesa.

—¿Cómo sabes eso? —preguntó mirándome—. En todo caso ya cumplió condena y está integrado en la sociedad correctamente.

—¿Mató a alguien? —pregunté.

El seguía negando con la cabeza y apoyó las manos en la mesa mientras soplaba.

—Fui a ver a los periodistas que estaban en el hotel y en la habitación de uno de ellos encontré recortes de notas en una papelera incendiada que citaban a Lucas Reece como asesino. Alguien entró a la habitación de mi madre e intentó atacarla y esta mañana escuché una conversación entre Thomas y Strauss, que decía claramente que la habían atacado.

—¿Tienes pruebas? —preguntó, a lo que yo negué—. Entonces no hay caso.

Solté la taza en la mesa con tal fuerza que el contenido se derramó.

—Hace un rato el demonio de su sobrino me amenazó con un dibujo.

—No puedo enviar a un niño de siete años a la cárcel por un dibujo infantil —dijo alzando la voz.

Me levanté de la silla ofuscada y haciendo que cayera al suelo, Lucrecia se asustó y comenzó a llorar. Corbin fue hacia ella y la abrazó haciéndole carantoñas, al momento volvió a reír.

—Lo siento —dije con la cabeza agachada—, no quise…

—Vete, Elisa, y por favor, deja de meter la cabeza donde no te llaman.

Hice lo que me dijo y salí de la casa. Cuando llegué a la mía, puse en la pared una nota con la conversación que escuché, los dibujos de Simón y Molly y una hoja con una pregunta en mayúsculas: "¿Es Lucas Reece quién atacó a mamá?".

Capítulo VII
Julio de 1981

Me encontraba en el cementerio de pie ante la lápida de mi padre, Mamá se agarraba a ella y limpiaba con un trapillo el polvo. Siempre lo hacía ella, no dejaba que nadie más lo hiciera, incluso las flores del suelo las recogía y ponía las que ella llevaba. Era curioso como una anciana que a veces no podía levantarse sola, se agachaba a recoger unas flores muertas o movía su tembloroso brazo para limpiar la piedra ennegrecida.

Moví la cabeza buscando una fuente en la que beber algo de agua, cuando divisé una figura un poco lejos, volví rápidamente para no dejar sola a mamá mucho tiempo. Al llegar agaché mi cabeza para beber y, cuando la volví a levantar, divisé ante el mausoleo Pensacola al padre Thomas junto a Lucas Reece.

Unos segundos después, llegaron dos personas que no logré ver, ya que estaban ocultos por unas capas de un rojo intenso. Se podía distinguir que eran hombre y mujer porque ella llevaba en sus brazos un bolso de color pastel y a él le sobresalían unos mocasines de color negro que pude reconocer a la primera. Los vi entrar juntos, por lo que mi interés creció. Volví a donde estaba mamá esperándome, esa noche entraría al mausoleo Pensacola.

El Cementerio de noche, al contrario de las demás personas, me parecía de lo más bello. Plantada ante la entrada, la brisa era aún más fría que en el resto de Hard Spring. El canto de los pájaros era lo único que se escuchaba dentro de aquel silencio. La luna llena y brillante hacía pequeñita mi linterna.

Caminé por el sendero pasando por cada lápida, cripta, nicho y mausoleo, hasta llegar al de la familia Pensacola. Había estudiado la historia del pueblo en la escuela: ese alcalde fundador que, junto con aquel párroco, causaron tantos asesinatos de personas. Mi madre me contó historias alguna vez, la existencia de una especie de secta que causaba estragos en el pueblo bajo la influencia de estos dos. El religioso fue excomulgado y el alcalde llevado a prisión donde falleció. Quizá el pequeño Simón sea producto de las locuras de aquel que fuera su bisabuelo y la conducta irritable de su tío.

Con dos horquillas para el pelo, abrí la cerradura sin ningún problema. El lugar se veía enorme, era la primera vez que entraba en un mausoleo. Cuatro estanterías de piedra se encontraban pegadas a la pared, en cada una de estas había una urna con una placa metálica reposando al pie. Puse mis manos en la pared.

Una vez, mi madre me enseñó a canalizar la energía que transmitía. Me concentré bastante, ya que el trabajo en la mercería y la escuela no me dejaban tiempo para practicar. Esos muros me transmitían una enorme energía negativa, como si en ese lugar las almas no estuviesen en paz.

Seguí palpando la piedra hasta que debí activar algún mecanismo ya que, en una esquina de la habitación, una puerta oculta se abrió dejando ver una escalera. Bajé decidida a descubrir qué había. Llegué hasta una sala alumbrada por varias velas pegadas a las paredes y que era más parecida a una celda de castigo que a un sótano.

Anclados a las paredes se encontraban unos artefactos extraños de hierro oxidados, muy parecidos a las esposas que usaba Corbin. Estaban manchadas de algo rojizo que pude deducir que era sangre. En el suelo también había manchas de ese color, que se mezclaban con otros tipos de tonalidades. El olor ahí dentro era tan desagradable que me dieron ganas de vomitar, pero no podía despegar los ojos, necesitaba memorizar todo lo que veía. Esperé un poco más mientras tapaba la nariz con mis manos.

Salí huyendo del lugar y, en cuanto llegué al primer árbol que encontré, arrojé todo lo que había comido en el día.

A la mañana siguiente, llamé a la escuela para indicar que no asistiría por problemas de salud. Era cierto, lo de anoche me dejó algo tocada, aún no había conseguido quitarme el recuerdo de ese olor.

Observé la pared con la nueva nota que había pegado con celo. En cuanto había llegado a casa, cogí un papel y escribí todo lo que había visto con detalles. Cada vez estaba más segura que el padre Thomas estaba detrás de aquellas desapariciones y lo peor de todo es que tenía a un exconvicto trabajando para él. Sin previo aviso, llegó hasta mí el recuerdo de la noche en la que entraron a mi tienda, entonces lo vi claro.

Fui hacia mi bolsa y saqué el diario, que estaba escribiendo por mis labores de monitora, en las que había anotado algunas cosas de la investigación. Fui con él hacia un mueble con cajones, y en el primero de todos lo metí entre algunos pañuelos. Quizá alguien en algún momento lo encontraría. Arranqué de la pared cada papel y en el váter arrojé los trozos tirando de la cadena después.

Busqué en el periódico del día si había algún anuncio que me interesase. Lo encontré: un polígono cerca de Hard Spring donde alquilaban depósitos en un gran almacén a buen precio.

—¿Hola? —me contestaron de la otra línea.

—Hola, soy Eli...Graciela —respondí rápidamente—. Graciela, me llamo Graciela y necesito un depósito donde guardar mis cosas una temporada.

Durante los dos días siguientes, me dediqué a contactar con agencias de mudanzas. Necesitaba un vehículo que pudiese llevar todas mis cosas al depósito. Tenía ahorros de sobra para poder pagarlo, por lo que no habría problema. El día en que llegaron a por mis enseres, seguí a la furgoneta hasta el polígono y me quedé aparcada, esperando lejos de la entrada para cerciorarme de que todo seguía lo planeado.

Vi como el conductor le entregaba al concesionario un sobre donde yo explicaba que las transacciones y toda la documentación que precisara le llegaría por correo. Citaba también mi expreso deseo de comprar el depósito con un cheque con una cantidad de dinero indicada. Nunca me gustó alardear de la herencia que nos dejó mi padre. En los documentos que llegarían al empleado, cité como propietaria a Graciela Molly Suit Parker.

Mi madre nunca había usado ese nombre en ningún documento oficial que pudiera ser rastreable y cuando Peter se emperró en internarla, sacó su nombre poniéndose a él como propietario de todo lo que ella tenía, por lo que era perfecto. Yo no existía más que en mi casita y mi tienda que, seguramente, mi hermano haría buen uso de ellas en el caso de que me ocurriese algo.

Mis pensamientos fueron interrumpidos por el conductor de la furgoneta dando golpecitos en mi ventanilla. La bajé y agarré la llave que me tendía, le devolví el dinero correspondiente al trabajo realizado, otra parte del plan que cerraba.

Conduje hasta la residencia y entré en la habitación. Allí una enfermera ayudaba a mamá a vestirse.

—Mamá, voy a sacarte unos pendientes, ¿te parece? —dije caminando hasta el joyero que se encontraba dentro de su armario.

—Pero si ya no me pongo esas cosas —contestó ella mientras la señorita le arreglaba la falda.

—Bueno, por un día no pasa nada —dije.

Abrí el joyero y, haciendo como que movía el interior, enterré la llave del depósito. Agarré unas cubanitas que hacía tiempo ella no se ponía y se le estaban poniendo feas del tiempo. Caminé hacia ella y se las puse en las orejas, casi se le habían cerrado los agujeritos de los lóbulos.

Una vez arreglada, la subí a mi coche y conduje hasta la casa de Peter. En la entrada ya me esperaba Molly, que corrió hacia mí en cuanto bajé.

—Tita, tita, hice otro dibujo, ¿lo quieres ver? —dijo ella agarrándome la mano y llevándome a su habitación.

La tarde transcurrió entre juegos con mis sobrinos Molly y Sam, las charlas entre mamá y Peter ante el televisor y el silencio de Margarita en la cocina; pero llegó la cena, mi última cena.

Estábamos sentados a la mesa. Peter quitaba las espinas al pescado del pequeño Sam, ya que en alguna que otra ocasión tuvieron que llevarlo a urgencias por tragarse alguna. Molly me miraba con una sonrisa y unos ojos enormes, y sabía que me iba a preguntar antes de que abriese la boca.

—Tita Elisa, ¿por qué nunca traes a un chico a casa? —preguntó ella.

—Cariño, eso de tener pareja no es para mí —contesté.

—¿Por qué?

—Porque a los hombres ahora les gustan femeninas y delicadas —objeté haciendo una mueca de desagrado—. Yo soy incluso más fuerte que ellos.

—¿En serio? —preguntó asombrada.

—Claro que sí, tesoro.

—Papá dice que eres una bruja, ¿me enseñas un truco de magia?

De repente, todo se quedó en silencio, solo se escuchó el sonido del cuchillo sobre el plato del pescado. Todas las miradas se posaron en nosotras dos, incluso Spike, el cocker spaniel inglés, se metió debajo de la mesa, como si pudiera notar la tensión que se generó en el ambiente.

—Cariño, yo no puedo enseñarte magia. No soy maga, pero tu padre tiene razón. Soy una bruja, así que voy a enseñarte un truco, ya verás —contesté levantándome.

—Elisa, no te permito que le enseñes esas cosas a mi hija —dijo Peter retándome.

—¡Oh, Peter! No es nada malo, tranquilo.

Caminé hasta el baúl de la entrada donde guardaban las velas y agarré una. La posé en la mesa ante mí e indiqué a Molly que mirase fijamente a la llama. Las dos quedamos atrapadas en aquella mezcla de rojo y naranja.

Margarita abrazaba a Sam como si fuera a caer un cohete en medio de la mesa, mamá observaba la escena con resignación, Peter sujetaba a Spike y Molly no pestañeaba, tan solo miraba la llama con atención. Abrí mi boca un poco para que una pizca de aire saliera. La llama de la vela se elevó unos segundos interminables para el resto de la familia y luego se apagó en el aire como si nada.

Al acabar, se escuchó un suspiro múltiple mezclado con los aplausos de la niña que tenía delante de mí.

—¡Otra más!¡Otra más! —gritaba ella.

—No, cariño, es muy tarde y debemos cenar —dijo mamá, intentando calmar la situación.

La cena transcurrió lenta y tensa. Después de los postres, me quedé en la entrada a esperar a que mi madre terminase de arropar a mis sobrinos para llevarla a la residencia, fue entonces cuando Peter me interceptó.

—Elisa, ¿qué fue eso? —gritó.

—Un juego infantil, Peter, no es nada malo —contesté.

Mamá llegó y se agarró de mi brazo.

—No quiero que vuelvas a esta casa —gritó él mientras que las otras dos mujeres observaban la escena.

—¿Cómo? —me sorprendió.

Nos habíamos llevado la vida discutiendo, pero nunca hasta este punto.

—Lo que oíste —dijo.

—No me puedes impedir ver a mis sobrinos —le contesté mirándolo de arriba a abajo.

—Sí que puedo hacerlo, nunca vuelvas. No quiero verte ni que te acerques a mis hijos —dijo, mirándome muy seguro de lo que decía.

—Tranquilo que no me vas a ver, pero algún día te vas a arrepentir y lo sabes.

Antes de salir por la puerta miré hacia atrás, Molly estaba despierta y observando desde arriba de la escalera. Lo había escuchado todo y sus ojos grandes se encontraban inundados. Le tendí una sonrisa para que se calmase.

Después de aquello, dejé a mamá en la residencia y me dirigí a ponerle fin a mi plan. Quería saber qué tantas cosas ocultaba Thomas, por lo que aparqué cerca de la iglesia. Qué sorpresa me llevé al ver que estaba abierta y que una serie de personas entraban vestidas con una especie de túnica rojiza.

Cuando la entrada de personas terminó, entré despacio y sin que me vieran. Todas se encontraban de espaldas a mí, sentados en los bancos con sus capuchas puestas y la cabeza hacia el suelo, por lo que no pude ver sus rostros. Por mis brazos noté un escalofrío, seguido de un golpe en la nuca que me hizo caer al suelo.

Capítulo VIII
Julio de 1981
(Narra Molly)

Dentro de la iglesia, ante el altar, la tita Elisa se encontraba de rodillas, observando al hombre sin cara que recitaba unas palabras en un idioma extraño que no había oído nunca. Yo me encontraba sentada en uno de los bancos, mirando atenta lo que pasaba. Varias personas se reunían en torno a las dos personas, estas también recitaban esas mismas palabras. Elisa fijaba sus ojos negros ante ese hombre, demostrándole que no sentía miedo alguno.

Yo no podía moverme, me temblaban las manos agarradas a la madera del banco. Me sentía aturdida, quería salir de ese lugar. Noté como unas manchas de un líquido espeso caían en mi cara. Pasé mis manos, se mancharon de sangre.

Desperté empapada en sudor y con la respiración agitada, mis manos temblaban a causa del sueño. Pronto noté a Spike subir a mi cama y enroscarse a mi lado. La luz de la luna aún entraba por mi ventana.

(Narra Elisa)

Abrí mis ojos y todo me daba vueltas, tuve que volverlos a cerrar. Intenté mover las manos, pero estas se encontraban inmovilizadas con un objeto encadenado a la pared. Cuando conseguí recobrar la consciencia de donde me encontraba, me vi en un sótano con olor a humedad y productos de limpieza.

Puede ver que lo que tenía alrededor de mis muñecas eran los mismos artefactos, que vi anteriormente en el mausoleo. Mis pies también se encontraban apretados con aquello, pero el dolor que sentía era mínimo comparado con la frustración al verme descubierta.

—Veo que despertaste.

Mis ojos se posaron en aquella voz que no había oído hasta ese momento, pero, sin embargo, había visto a la persona que me hablaba en infinidad de ocasiones.

—Al fin nos conocemos, Lucas Reece —dije. No me daba miedo y él lo sabía.

—No juegues con las visitas, Lucas, te lo he dicho mil veces —escuché la voz de Thomas que bajaba las escaleras dejándose ver—. Elisa, que agradable es verte siempre.

—No puedo decir lo mismo, disculpa que no me levante —contesté moviendo las manos, haciendo sonar las cadenas.

Los dos hombres de pie frente a mí, con aire altanero y dureza en sus ojos, se miraron entre sí. Como si Thomas le hubiese dado una orden a Lucas, este caminó hasta un baúl de dónde sacó un libro de tapa dura y negra que conocía bastante bien.

—¿Vas a pegarme con una biblia? —pregunté.

Él abrió el libro por una página en concreto y comenzó a recitar palabras en latín. Lucas se agachó hacia mí, lo observé con curiosidad. Sacó ante mí una navaja que abrió, puso la punta en mi frente y poco a poco comenzó a apretar, mientras yo lo miraba a los ojos para no olvidarlos nunca.

Cuando la sangre comenzó a derramarse por mi cara, Reece dejó de apretar y se separó. Fue hacia Thomas y le tendió la navaja manchada que agarró con una mano. Lucas vertió el líquido transparente de una botellita de vidrio en un cuenco e intercambió el recipiente por el libro que el padre sujetaba. Este último sin dejar de recitar, con unos golpecitos a la navaja, hizo que cayeran las gotas de sangre encima del agua vertida.

No sé como, pero mi sangre comenzó arder dentro de mí, apreté los dientes para soportar el dolor. Con cada palabra que recitaba Thomas, el dolor era más intenso y de mi cuerpo comenzaron a formarse manchas negras, como si de piel quemada se tratara.

—¡Para, por favor! —grité y paró de hablar.

El dolor que sentía dejó de ser y pude respirar de nuevo.

—Muy bien, buena chica. Lucas, quítale los grilletes —ordenó a su lacayo.

Reece se acercó a mí, muy seguro de que no podía hacer nada, y se agachó a mis pies. Un alivio noté recorrer por mis tobillos en cuanto se vieron liberados, pero también sentí asco cuando noté la mano del tipo plantándose sin avisar en mi rodilla. La suela de mis botas impactó en la cara de Lucas y le hicieron caer de espaldas al suelo.

—¡Asquerosa bruja! —gritó seguido de su palma impactando contra mi labio, partiéndolo al instante.

—Basta —dijo Thomas—. La señorita Stone se quedará aquí abajo un tiempo sin comida ni agua para que siga demostrando sus modales.

Pensacola caminó hasta las escaleras y subió por ellas con Lucas siguiéndolo.

Cuando me vi sola con la compañía de una bombilla encendida, observé todo el lugar para encontrar un sitio por donde salir. Tocando el techo del sótano, en lo más alto de la pared, una pequeña ventana medio abierta me llamaba a gritos para que saliera por ella. Estaba demasiado alta, por lo que visualicé varios objetos con los que formar una improvisada escalera, pero antes debía quitarme las cadenas de las muñecas.

Esta vez no podía usar las horquillas al tener las manos separadas la una de la otra, un extremo debería ser liberado a la fuerza.

Fijé mis ojos en la derecha, analizando el artefacto que me agarraba: era de acero con un tornillo grueso bien apretado. Estiré mis dedos todo lo que pude, llevé el pulgar hacia el centro de la palma y apreté, pero la manó no salía. Me detuve un minuto a pensar en las formas que tendría el acero de alargarse o estirarse, pero lo único que se me venía a la mente era usar mi propio calor corporal y mucha fuerza por lo que me puse a ello.

Cerré mis ojos, intentando recordar las palabras que recitaba Thomas sin saber realmente que ocurriría. Cerré los ojos, respiré profundamente y comencé a susurrar aquellas palabras con la imagen del padre con el bol en una mano y el libro en la otra. Volví a notar como el calor quemaba mi interior.

Apreté los dientes para poder hacer fuerza con mis manos mientras de mi boca salían esas palabras que no sabía que significaban. Noté el acero hirviendo alrededor de mis muñecas e incluso pude notar como se moldeaba a la articulación. Me sentía cansada, mi corazón estaba a punto de estallar cuando, por fin, pude soltarme y mis brazos cayeron al suelo rendidos por el cansancio. Varios rastros de acero se habían quedado pegados a mi piel haciendo que me doliera, pero no me importaba, había conseguido liberarme.

Con detenimiento, logré ponerme de pie apoyándome en la viga de madera, caminé despacio e intentando no hacer ruido hacia el baúl. Este no estaba muy lejos de la ventana, por lo que poco a poco para que el movimiento no fuera escuchado, conseguí llevarlo hasta la pared y pegarlo a ella. Me subí encima y me alcé para llegar, no dejé de intentarlo hasta que mis dedos pudieron apoyarse en el marco.

Me dolía todo el cuerpo, pero no importaba. Ya era libre y podría ir a casa de Corbin para decirle lo que estaba pasando en el pueblo.

Mis pensamientos se vieron interrumpidos por unas voces que se acercaban a la puerta del sótano, por lo que me di valor para pegar el último salto y salir tirando el baúl al suelo.

—Tranquila, Elisa —me decía a mí misma, balanceándome de lado a lado mientras caminaba.

Había conseguido salir por mi propio pie de aquel sótano, me dolía todo el cuerpo al mismo tiempo que me temblaba, de la frente me caía sangre de la herida que Lucas abrió y mi labio partido se había hinchado por completo; pero, aun así, caminaba por la acera, perdida, sin saber en qué parte del pueblo me encontraba.

Sonreí al ver el coche aparcado donde lo había dejado horas antes, por lo que los recuerdos me comenzaron a llegar, haciendo que me llevara las manos aún con los restos de cadenas a la cabeza. Había accedido a la iglesia y de ahí me habrían llevado a casa de Thomas, que se encontraba a un par de casas más cerca.

Busqué la llave, con suerte seguiría en el bolsillo trasero del pantalón. Arranqué con dificultad, la tensión seguía apresándome. Cuando quise encender las luces, estas no respondían, pero no me importó, todo mi objetivo era huir del lugar. Conduje a oscuras, con la vista algo borrosa, la herida de mi cabeza seguía abierta.

Una figura con una capa roja apareció en medio del camino, di un volantazo. Acabé con el coche en mitad de la carretera, la herida en mi cabeza se acabó abriendo aún más al impactar contra el volante.

La figura desconocida sonrió.

Los días previos a mi entierro se basaron en analizar las circunstancias en que un perro se precipitó contra mi paragolpes haciendo que perdiera el control del vehículo y me estrellara, causando mi muerte al instante; pero dicen que, si hay cuentas pendientes que saldar, la persona no morirá del todo… y yo tenía muchas deudas.

Capítulo IX
Enero de 1982
(Narra la autora)

Pasaron seis meses desde que Elisa se fue. Desde entonces, todas las noches Molly soñaba con ella en la iglesia, arrodillada entre varias personas sin rostro, susurrando en un idioma que no conocía y manchada de sangre. Años más tarde, descubriría que esa lengua era latín.

Ahora mismo, con siete años, se está preparando para ir a la iglesia como otro domingo cualquiera. Margarita, sentada en la cama, le cepillaba el pelo mientras Sam intentaba sin éxito quitarse la pajarita.

—Quiero un coletero —dijo irritada con los brazos cruzados.

—Molly, el pelo de una señorita debe quedar libre —decía su madre mientras pasaba el cepillo—. Hay que enseñarle al señor los ángeles que aparentáis ser.

Suspiró con resignación. Su madre le obligó a ponerse un vestido rosa con un lazo amarrado a la cintura, que no le gustaba por ser el último regalo de su tita. Tan solo ver a Sam jugar con aquella prenda, que había conseguido quitarse, la hizo sonreír.

Los tres llegaron hasta la iglesia donde les esperaba Peter Stone con la abuela de Molly y Sam agarrada del brazo. La hora en la que duró el sermón de aquel individuo se le hizo eterna a Molly, que no cesó de mover sus piernas de atrás hacia delante. Hablaba de ángeles y demonios, Molly lo escuchaba como si de un cuento se tratase.

Al terminar, la pareja se quedó en la entrada conversando con el cura mientras Molly, su pequeño hermano y su abuela, se detenían delante de un inmenso cuadro situado tras el altar. En él, una virgen con una imagen pura e inocente con la cara blanca, el pelo dorado y una luz sobre su cabeza acunaba a un hombre moreno, teñido de sangre, sucio y suplicando por ayuda; dos figuras completamente diferentes para cualquier persona que viera el cuadro.

Una imagen atroz. Alrededor de las dos personas había lagos de oscuridad y sombras que parecían esperar al acecho el final del último suspiro de aquel hombre.

Tan absorta quedó la niña que no se dio cuenta cuando se vio sola en el lugar.

—Molly —escuchó una voz detrás suya.

—Padre Thomas.

—Tus padres te esperan —dijo él.

—¿Puedo preguntar algo? —Molly sentía cierta curiosidad por el cuadro y por la imagen desoladora que veía en él.

—Claro, pequeña —contestó él amablemente, pero sin apartar aquella mirada dura y fría.

—¿No le da miedo ese cuadro?

—Pues no —respondió él sin apartar esa mirada de ella—. Yo lo pinté hace tiempo, si lo miras bien te darás cuenta de que tiene vida. Observa detenidamente.

El padre Thomas, agarró de los hombros a la niña e hizo que mirase al cuadro de nuevo. Esta vez, Molly no perdió detalle. En su concentración, pudo notar un pequeño movimiento en el pecho del hombre, era una leve respiración. Arriba del cuadro uno de los demonios movía la cola impaciente. De la cara de la virgen comenzaron a brotar pequeñas lágrimas que se paseaban por su sonrisa resignada.

La niña se encontraba petrificada. Más demonios parecían moverse, inquietos, impacientes... Desde lo más alto, una de esas criaturas bajó hasta los pies del hombre y ensanchó su boca en una sonrisa maliciosa. La respiración era más débil cada vez y las lágrimas de la virgen caían abundantes por su rostro, antes brillante.

El movimiento en el cuadro era tan real que Molly creyó que uno de los demonios la observaba con unos ojos muy parecidos a los de su tía Elisa. Esa criatura del infierno la miraba a ella mientras quedaba quieta ante su presencia. Una garra alcanzó a salir del tapiz y se estiraba hacia la niña, que la miraba fijamente con el corazón acelerado.

Molly escucha los latidos de su corazón con la cercanía de aquella puntiaguda extremidad.

—¡Molly, te estamos esperando, hija! —La voz de su padre hizo que la niña se sobresaltase.

Volvió a mirar al cuadro y estaba tal cual lo había visto la primera vez. Ella corrió con algo de angustia hacia su familia y agarró la mano de su padre. La abuela de Molly, la señora Suit, observaba con aversión aquel cuadro.

Molly se volvió una última vez y observó que aquel demonio que se aproximaba a ella ya no estaba en el cuadro.

Después de la iglesia, la familia se aproximó al parque donde los niños corrieron a jugar. Peter se entretuvo en sus pensamientos mientras su esposa y su madre hablaban con otras personas.

Tras la muerte de su hermana, Peter barajó muchas posibilidades, ya que sabía que Elisa se estaba metiendo en los asuntos de Thomas Pensacola, pero no sabía hasta qué punto conocía las triquiñuelas de aquel hombre de Dios. Él mismo lo supo el día en el que fue a visitar los terrenos de la señora Parks días después de la desaparición de esta.

Peter llegó a la granja con su coche, ahí se encontraba Thomas con su lacayo, Lucas Reece, a su lado.
—Padre —lo saludó estrechándole la mano—. El director del banco me envía para escuchar sus propuestas, pero ya le digo que antes hay que buscar a los herederos de la señora Parks.
—Claro, señor Stone —dijo él—. Hablemos dentro más cómodamente.
Entraron en la pequeña casa que aún desprendía olor a naftalina y polvos de talco. El mobiliario seguía en su sitio, cubierto de polvo y suciedad por la ausencia de quién los cuidaba. Los tres hombres avanzaron hasta la cocina donde, una señora que Peter conocía de verla por la escuela, se encontraba ante una cafetera con la mano en el mango de la jarra a la espera de que el líquido terminase de caer.

Thomas hizo un gesto a Peter para que se sentase a la mesa ante él. Lucas quedó de pie en el marco de la puerta observándolo todo.

—¿Cómo le gusta el café, señor Stone? —preguntó ella acercando la jarra humeante y una taza de porcelana blanca encima de un plato a juego.

—Solo, con una gota de leche, gracias —contestó inmediatamente—. Padre Thomas, ¿tiene usted permiso para usar la casa? La investigación sigue adelante, no creo que sea conveniente.

No terminó de hablar cuando Reece le tiró en la mesa una carpetilla con un documento en su interior. Peter arrugó el entrecejo y abrió la carpeta examinando los papeles de uno en uno.

—¿Qué es esto?

—Es un documento que sugiere que la señora Parks legó ante notario que, en su ausencia, todos sus bienes serían donados a mi iglesia por el bien de la comunidad —Peter observó a Thomas sorprendido, ya que sabía que Parks no era muy católica y, además, la firma que constaba en el papel no era más que un garabato hecho con una pluma que bien podría hacerla su hijo Sam—. Usted desea el bien de este pueblo, ¿verdad, señor Stone?

—Debo comunicar esto al director del banco, averiguar si estos documentos son verídicos o...

Todo pasó muy rápido para Peter. En un segundo notó el frío metal del cañón de una pistola acariciar su hombro haciendo que la piel se le erizara. Tragó con dureza y el silencio inundó la habitación. La señora se había plantado tras el párroco tan alegre de conocerse.

—Padre Thomas... —dijo Peter con las manos apoyadas en la mesa, de su frente había comenzado a caer alguna gota de sudor.

—No sé como lo hará, señor Stone —dijo Thomas sorbiendo el café servido, relajadamente—. Dentro de unos días, Lucas irá a visitarlo a su despacho y necesito que esta granja sea mía por completo para ese entonces. —Peter notó el filo del cañón apretando su nuca—, pero, por favor, tómese el café que se enfría.

Peter salió de sus recuerdos cuando el llamado de su hija Molly llegó hasta él. El pequeño Sam había desaparecido y una angustia invadió su pecho. Comenzaron a caminar por el parque e incluso alertaron al sheriff.

—Deme la descripción del niño —dijo el agente a Margarita.

—Tiene solo dos añitos —decía ella desesperada—. El pelo castaño oscuro, casi moreno, muy blanquito de piel y todavía no habla mucho. Es bastante alto, así que aparenta un poco más... encuéntrelo, por favor.

El agente, junto a su compañero y demás padres que había en el parque, comenzaron la búsqueda. Afortunadamente, después de unos angustiantes minutos lo encontraron sentado en un banco bastante lejos de la ubicación inicial. Estaba ahí sentado, sobándose una herida en la rodilla. A su lado esperaba un hombre con un sombrero de paja.

Peter se asustó al ver a Lucas Reece sentado junto a su hijo.

—¡Sam! ¡Nos has asustado ¿dónde estabas?! —dijo él corriendo hacia el pequeño.

—Mi caído —respondió Sammy gimoteando.

—Se tropezó al bajarse del columpio. Como le sangraba la rodilla, me acerqué a ver si le había pasado algo —dijo Reece con una simpatía falsa en su rostro.

—Mami, teno pupa aquí —decía sin parar el pequeño, metiendo el dedo en la herida.

—Tranquilo, cariño. Gracias, ya nos ocupamos nosotros —dijo Margarita mientras sobaba a Sammy.

Lucas sonrió amablemente y se dispuso a contarle a los agentes que había ocurrido. Molly, al igual que Peter, notaron como Lucas Reece, el hombre del sombrero de paja, les seguía con la mirada hasta que se alejaron lo suficiente.

Capítulo X

(Narra Molly)

Después del susto en el parque, volvimos a casa. Ahí nos quedaríamos sin pasar más allá del jardín, por lo que mi hermano y yo jugábamos fuera con Spike bajo la atenta mirada de la abuela, sentada en una silla de playa delante de la puerta de entrada. Nos observaba intensamente y de vez en cuando nos dejaba ver una sonrisa.

—¡Sam, pásame la pelota! ¡Venga! —gritaba yo, pero Sam estaba distraído.

—Mira —me dijo, señalando con el dedo a Spike.

El Cocker estaba temblando a pesar de no hacer frío, ni siquiera hacía aire para ser enero. El sol calentaba… era el día ideal para estar fuera, pero nuestro amigo temblaba como si estuviéramos en medio de una ventisca. Spike se había enrollado sobre sí mismo encima de la hierba.

Sam entró para llamar a nuestro padre mientras yo me quedé con él para que se acurrucase encima de mí si es que tenía frío, pero estaba rígido, no era frío sino miedo. Miraba insistentemente en la misma dirección y me di cuenta que había alguien a lo lejos, detrás de un árbol a tres casas de la nuestra, vigilándonos.

Años más tarde, siendo yo adulta, entendería que ese hombre que no veía nadie más que yo, no era más que una imagen en mi cabeza, como si de un amigo invisible se tratase. Ahí estaba de nuevo aquel hombre de los dientes amarillos y olor extraño, aquel ser que estaba en mi imaginación y que en algún momento se marcharía. Yo había visto a ese hombre en carne y hueso frente a mí, saliendo de un callejón y acercándose con un carrito de la compra mientras fumaba.

Las horas pasaron después de aquello. Ya eran las cinco, con la casa silenciosa después de un abundante almuerzo. La dulce siesta acompañaba a papá en su habitación y a la abuela en la mía. Sammy se encontraba acurrucado en las rodillas de mamá, en el sofá mientras esta leía un libro medio adormilada. Yo veía la televisión mientras mis ojos caían.

Abrí los ojos, encontrándome detenida en medio de un campo de flores azules, Lobelias se llamaban creo recordar, por las obsesiones de la señorita Strommer con las flores y todo lo que provenga de la tierra. Un brillante sol con una cara sonriente se dejaba ver delante de mí, a mi espalda la luna se acercaba tan blanca como oscuro era el cielo que comenzaba a invadirlo todo, casi se dejaba tocar. Un caballo blanco galopaba en círculos por el campo de flores y desprendía un aroma a perfume que reconocí en mi pequeño hermano.

Al fondo se veía a un niño vestido de príncipe de rodillas ante una rosa, en una conversación que solo ellos entendían. Un arcoíris surcaba todo aquel cielo hasta que, sin previo aviso, se rompió para convertirse en una lluvia intensa. Las flores se tornaban de un color negro y la cara del sol se deformaba tomando la cara del cuadro de la iglesia, ese demonio que intentaba salir y atraparme. El caballo blanco atacaba a las flores que se resistían a cambiar su color.

Todo olía a azufre y la luna estaba lejos de mí y ya no la podía tocar. El príncipe sostenía la rosa sin vida y lloraba, lloraba y me llamaba.

—¡Molly! ¡Molly! —Le escuché, lloraba y me llamaba al mismo tiempo.

—¡Molly! —El sol, la cara, la lluvia, la luna, el príncipe llorando, la rosa sin vida.

—¡Molly! —La rosa muerta.

—¡Molly! —La rosa muerta.
—¡Molly! —La rosa.
—¡Molly, corre!

Me desperté sobresaltada, notaba las gotas de sudor por mi frente y mi corazón latía muy rápido, como si se me fuese a salir del pecho. Eché un vistazo a mi alrededor y todo seguía igual. Mamá también se había rendido al sueño, la película de dibujos había acabado y ahora echaban un programa de luchadores, la típica que le gustaba a papá.

Fui hacia la cocina, tenía hambre y era la hora de la merienda, así que decidí servirme por mí misma. Me fijé que Spike no estaba en su cama y pensé que estaría dando una vuelta por la casa.

—¡Spike! —Lo llamé, pero no apareció.

No le di importancia y no quería gritar para no despertar a nadie. Me gustaba esa paz y esa tranquilidad que había en la casa.

Abrí la nevera y no había ni uno de los batidos de vainilla que tanto me gustaban. Juraría que esa mañana aún quedaba alguno, así que inspeccioné más arriba y vi un bote de plástico, lo cogí y como olía a chocolate, me serví un vaso y me lo llevé a la boca.

Me gustó bastante, era la primera vez que lo probaba preparado de esa forma. Su sabor era intenso y vertí otro poco en el vaso. No podía parar *y el bote se quedó vacío. Pensé que en un rato me dolería la barriga, pero merecía la pena, así que me llevé el bote a la boca, esperando que la última gota cayera hacia mi garganta.*

Inspiré para olerlo de nuevo, pero ese olor... ese olor no era el mismo, era el horrible olor de mi sueño, un olor a putrefacción.

Tiré el bote a la basura y salí de la cocina. Me encontraba muy mareada de repente y me apoyé en la puerta. La casa me daba vueltas. Mamá y Sam ya no estaban en el sofá, pero el mueble se movía, como si los hubiese engullido, se movía como un animal.

—¡Mamá! ¡Mamá! —grité sin parar, pero no me contestó nadie.

Caminé hacia las escaleras y los muebles que iba dejando atrás cobraban vida. El pequeño arcón de la entrada estaba discutiendo con el perchero, mientras que el teléfono y algunas partes de la vajilla se escondían detrás de la cortina que los protegía del hambriento sofá, como un animal a sus crías.

—Debo tener fiebre —me dije tocándome la frente—. ¡Papá!

De nuevo no hubo respuesta. Ese olor, ese olor de nuevo estaba ahí, en los escalones, inundaba toda la casa. Mientras subía, los retratos que colgaban de las paredes parecían haberse vuelto tristes y decaídos, como si quisieran huir del portarretrato.

Pasé delante de la foto de la tía Elisa. Noté como si tirasen de mí, como si me agarrasen de la mano y me obligaran a mirarla. Ella no estaba triste como el resto. Ella denotaba furia y sus ojos me miraban fijos e intensos.

—¡Corre! ¡Corre! —parecía gritarme.

Hice lo que me pedía y corrí escaleras arriba buscando a mi familia. Busqué por todas las habitaciones sin encontrar a nadie, entonces escuché un ruido en el ático.

Me dispuse a tirar de la cuerda para bajar la escalera y subí con cuidado. Papá no dejaba que subiésemos al ático, decía que había tanto polvo y moho que costaba respirar. Me daba miedo aquel sitio. Solía imaginar que un monstruo vivía ahí y se alimentaba de las termitas.

Abrí un poco la puertecita y lo vi. Una sombra con sombrero, muy alta, casi tocaba el techo con la cabeza, y se giró hacia mí enseñándome esos dientes horribles. Cerré los ojos asustada, escondiéndome detrás de mis brazos y, cuando los volví a abrir, la figura ya no estaba. En su lugar había rojo, rojo por todas partes, noté otra vez que me agarraban y no podía parar de mirar ese color que manchaba las paredes.

—¡Molly, despierta! —Y desperté.

Había sido un sueño, un sueño aterrador, pero ahí estaba mi Sammy con su sonrisa y una pelota en los pies

—¡A jugar! —gritó corriendo por toda la sala.

(Narra la autora)

El sol se estaba escondiendo entre nubes de lluvia. La señora Stone y Molly habían salido a hacer la compra y Sam se había quedado con la abuela en el salón de la casa, mientras Peter, en su despacho, mantenía una discusión acalorada por teléfono.

—¿Se puede saber qué ha sido eso? —preguntó el señor Stone en cuanto le descolgaron.

—Debería relajarse, señor Stone —contestó una voz de mujer.

—¿Que me relaje? Hice todo lo que me han pedido.

—Lo sabemos, señor Stone, al igual que sabemos que ha estado hurgando donde no debe. —El rostro de Peter quedó pálido tras esa respuesta—. Sabemos que ha estado en casa de su hermana Elisa y no ha encontrado nada. Nosotros también estuvimos allí, al igual que sabemos que estuvo en la granja y que vio algo que no debió ver.

Peter, con la cara blanca como si hubiese visto un fantasma, recordó el día en el que lo avisaron de la muerte de su hermana Elisa. Él había organizado todo lo correspondiente al papeleo: el entierro en el cementerio al lado de la tumba de su padre, la venta de la tienda y la reubicación de las pertenencias de ella que, para su asombro, al llegar se encontró con el lugar vacío completamente. Eso hizo que se extrañase, ya que sabía que su hermana estaba rebuscando entre la basura del padre Thomas, por lo que una corazonada le hizo comenzar su propia investigación.

Gracias a su puesto en el banco, se introdujo en las cuentas de Thomas Pensacola, descubriendo que por parte de la iglesia se movía más dinero del que un párroco de pueblo podría mover. En cuanto al interés del cura por la granja Parks, Peter lo descubrió de la peor forma.

El señor Stone condujo hasta la granja, dejando el vehículo más allá del campo de girasoles, oculto entre la carretera y la arboleda. Caminó con precaución para no ser visto, aunque parecía no haber nadie por los alrededores. Su intención era la de entrar en la casa, pero ruidos en el granero lo hicieron cambiar de dirección.

Se subió a unos bloques de paja para poder ver por la ventana y encaramándose a ella con sigilo para no ser visto. Observó a dos hombres removiendo tierra con un par de palas, uno de ellos era Reece, el lacayo de Pensacola, el otro hombre era un ayudante del sheriff que había visto en alguna ocasión patrullando por el pueblo.

Al principio no vio nada extraño, hasta que vislumbró como entre los dos cargaban con el cuerpo de una persona que reconoció como un empleado de la pensión que se situaba cerca del pueblo. Con algo de esfuerzo entre los dos, tiraron al pobre hombre, que se encontraba herido por casi la totalidad de su cuerpo, al hoyo que habían hecho en la tierra y lo sepultaron con la misma arena que habían sacado.

—Señor Stone, ¿se encuentra ahí? —La voz de esa mujer lo sacó de sus recuerdos.

—¿Qué más quiere que haga para que nos deje en paz? —preguntó Peter, nervioso, mientras se pasaba las manos por la cara.

—No, nada, señor Stone, ya ha hecho suficiente... ahora nos toca a nosotros hacer algo por usted. —Sin más colgó, dejando a Peter mirando a la nada y tragando saliva.

Respiró profundamente para relajarse, decidió bajar a la planta baja de la casa, encontrándose con su anciana madre sentada en el sofá con su hijo menor en brazos. Se detuvo un segundo a observar la escena. Graciela mecía al niño mientras le contaba una historia de su niñez, la misma que le había contado a Molly varias veces y ahora el más pequeño de la familia escuchaba atentamente mientras se chupaba su pulgar.

—Cuando yo tenía tu edad... —Graciela se quedó un momento pensando—, ¿o tenía la edad de Molly? —movió los ojos como si recordase más rápido—. No me acuerdo, en fin, Sammy, cuando yo era pequeña. Había aquí un cura horrible, que hacía mucho daño a la gente, los hacía correr por el bosque desnudos bajo la luna roja para ver si volvían... casi nunca volvían. —La señora Suit detuvo su historia para mirar a la nada sin dejar de mecer al niño—. Un día, llegó un hombre que junto con aquella alimaña...

—Mamá —Peter la interrumpió—, no es una historia para contarle a un niño.

—¿Me vas a decir a mí lo que le tengo que contar a Peter? Cállate, John —Peter entornó los ojos, a veces no entendía si ella de verdad no recordaba o solo tenía recaídas. Bajó las escaleras para sentarse al lado de los dos y seguir escuchando.

»Como decía a Sammy, aquellos dos hombres se reunían en el centro del pueblo cuando la luna se encontraba de un tono rojo como la sangre. Aquel hombre de Dios, subido a un atril, recitaba unas palabras. —De nuevo, ella misma se detuvo rebuscando en su memoria—, luego comenzaban un juego que yo no entendía. Yo era muy pequeña, muy pequeña... Luego los mismos vecinos, acusaban a otros, con acusaciones estúpidas y... —Peter tosió, intentando que cambiase la historia para el oído de Sam.

»...y entonces, desnudaban a la persona y la dejaban en el bosque por tres días. Si no volvía, es que había muerto.

—Vale, ya basta de historias —dijo Peter alzando a Sam y dejando a Graciela con los brazos cruzados.

Sam al verse libre, corrió hacia Spike para jugar con él. Justo en ese momento entraron las otras dos mujeres de la casa. Molly llevaba la bolsa, que llevó con esfuerzo hasta la cocina, donde Peter cocinaría la cena con su madre observándolo.

Capítulo XI

Tras la cena, cuando hablaron de lo que pasaría al día siguiente, se dispusieron a preparar el salón para la llegada de los regalos. Molly había peinado a sus muñecas para que estuviesen decentes para la compañera que tendrían al día siguiente, Peter veía la televisión junto a su anciana madre, mientras la señora Stone vigilaba a los más pequeños en la bañera.

A la hora de dormir, el pequeño Sam cayó como un tronco en la cama de Molly, ya que Graciela ocuparía la cama del pequeño. Después de que Margarita dejase la puerta de sus hijos entreabierta, Graciela entró y se sentó en la cama arropando a Molly. La señora Suit fijó su mirada en la ventana y luego miró a su nieta.

—Molly, ¿recuerdas la historia que te conté sobre los días de luna llena? Cuando era niña como tú... —comenzó.

—Sí, me acuerdo bien —contestó la niña con los ojos entreabiertos y resistiéndose al sueño.

—Pues esta noche hay luna llena y vamos a hacer un juego, ¿vale? —dijo sonriendo.

Molly movió la cabeza de arriba abajo.

—Quiero que cierres los ojos bien fuertes y, oigas lo que oigas, no los abras —dijo la abuela acariciando su carita.

—Me estás asustando.

—Tranquila, mi niña —dijo Graciela, desviando su propia conversación—, lo decía por los reyes magos. Necesitan que los niños estén en silencio y se queden quietos en sus camas.

Entonces la abuela arropó a los dos pequeños con cariño. Al salir de la habitación, Graciela cerró la habitación con llave y colgó en el pomo una muñeca hecha de retales como amuleto de protección. Ella no tendría la cabeza en sus mejores condiciones, pero aquella luna roja en el cielo le hacía sentir una sensación de defensa en su interior.

Caminó por el pasillo despacio y, agarrándose de su bastón, llegó hasta el cuarto de Sammy. De su bolso sacó una foto de su hija Elisa y se tumbó con ella en la cama. Puso la foto en la hendidura que dejaba el colchón y la barrera anticaídas. Observando la foto de su hija se quedó dormida mientras que, en su tocada mente, repasaba un rezo para que en la casa no sucediera nada esa noche.

En la otra habitación, Molly se encontraba enfrascada en un sueño de esos extraños que la visitaban.

—*Molly. Despierta, cariño.*
Al abrir los ojos, Molly estaba en un campo de girasoles inmenso.
—*¡Molly!*
Una voz, que reconoció como la de Elisa, la llamaba cantarinamente, Molly siguió la voz que comenzó a cantar una canción de cuna. La niña se acercaba caminando mientras pisaba los girasoles. Cuando la vio, Elisa daba vueltas cual bailarina de ballet con un vestido negro de motas azules y su pelo suelto danzando con el aire.
—*Ven a bailar conmigo, pequeña —dijo con una voz aterciopelada y dulce.*
Se encontraba descalza, dejando ver unos tatuajes de rosas encadenadas enrolladas en los tobillos. Las dos se unieron por las manos y comenzaron a dar vueltas mientras Elisa cantaba.

La niña despertó de golpe al sentir un lametón en su mejilla, Spike la había sacado de aquel hermoso sueño para pedir un sitio para él en la cama. Con los tres amigos acurrucados en la cama, el sueño de Molly no volvió a su ser, ya que un ruido la alertó.

La niña bajó de la cama para mirar por la ventana entre los agujeros de la persiana. Lo primero que vio fue una luna enorme y plateada en el cielo con un círculo rojo rodeándola perfectamente, por otro agujero enfocó su vista en la acera. Unas diez personas, ataviadas con túnicas rojas, se disponían frente a la casa.

En otra parte de aquel hogar, Peter andaba en círculos con las manos en la cabeza, sin creer lo que estaba viendo a través del cristal al lado de la puerta.

—No, no, no —negaba él.

—¿Qué pasa, Peter? —preguntó Margarita bajando por las escaleras. Al verlo tan nervioso se asustó.

—Hice todo mal, es mi culpa —dijo Peter tirándose del pelo.

Margarita puso sus manos en los hombros de su marido, buscando explicaciones. Él señaló el cristal, cuando vio que un grupo de personas se encontraban ante su puerta, amenazantes, todos sus miedos aparecieron de repente.

—¿Qué es eso? ¿Qué quieren? —preguntó la mujer.

—A mí.

Un golpe de nudillos en la puerta los asustó.

—Señores Stone, sabemos que están ahí —dijo la voz del padre Thomas—. ¿Tendrían la amabilidad de abrir?

La pareja se miró buscando respuestas, pero no les dio tiempo a contestar porque un golpe aún más fuerte en la madera hizo que esta se rompiera y abriese de golpe.

—Han tardado mucho, siento lo de la puerta —dijo de nuevo Thomas.

El párroco entró, acercándose intimidante al matrimonio, que asustado se abrazaba. Hizo una seña a las otras nueve personas con la cabeza y la masacre comenzó.

La señora Suit, al escuchar tal estruendo, salió de la habitación. Desde lo alto de la escalera contempló la imagen de su hijo siendo golpeado por varias personas y otra observando la acción. Esta última, levantó la cabeza para mirar a Graciela y sonreírle.

Por otro lado, Margarita, horrorizada, subió de prisa las escaleras tirando de su suegra por el camino. La más joven fue hacia la puerta donde sus hijos dormían mientras Graciela imploraba que no abriese para protegerlos. Margarita no la escuchó y abrió la puerta encontrándose a los niños despiertos en la cama con Spike entre ellos.

En un arcón dentro del cuarto los metieron, insistiendo que se mantuvieran en silencio, encima de este muñecos y juguetes que esconderían el objeto.

Después de aquello, las dos mujeres salieron al pasillo para intentar esconderse, pero era tarde. No tenían escapatoria. Por la escalera subían las nueve personas en una alineación perfecta, encabezada por Lucas Reece, al que se le había caído la capucha en el ataque a Peter.

Cuando los niños en la oscuridad del arcón, no escucharon más que silencio, Molly puso sus manos en el techo para intentar abrir y alentó a su hermano a que la ayudase, pronto consiguieron salir.

Molly agarraba a Sam de la mano y se asomaron poco a poco por la puerta de la habitación, escuchaban al cocker ladrando en el piso de abajo. El pasillo estaba vacío, por lo que Molly tiró de su pequeño hermano hasta llegar al armario que se encontraba al fondo y allí se escondieron.

Sam no paraba de llorar asustado, ya que no entendía nada, Molly le tapó la boca con la mano para que no lo escuchasen. Luego Spike dejó de escucharse.

—Sam —susurró la niña—. Ahora vengo, quédate aquí y no hagas ruido.

El pequeño asintió con la boca cerrada en un puchero y los ojos llorosos.

Molly salió del armario de puntillas y caminó hasta la habitación de sus padres, pero antes se asomó para mirar por la escalera. La niña observó como los tres adultos se encontraban amontonados en el suelo, unos encima de los otros, manchados de sangre con algunas partes de su cuerpo arrancadas.

Spike estaba siendo estirado entre cuatro personas por sus patitas peludas. Las nueve personas causantes de aquello se mofaban. Pudo distinguir entre ellas a gente que conocía bien, pero pensó que no podía ser posible que la directora Strauss estuviese arrancando de cuajo la lengua de su padre, también pensó que su imaginación la engañaba al ver a la señorita Strommer quitando los pendientes a su madre y poniéndoselos ella. La cocinera Martha sonreía feliz mientras con unas tenazas cortaba los dedos de la señora Suit de uno en uno.

A Molly le dieron muchas ganas de vomitar, pero no podía hacer ruido, tenía que salvarse a ella y su hermano menor. Se dio la vuelta, pero, en su rapidez por huir, resbaló con un charco de sangre, por el cual su ropa y toda ella se tiñeron completamente de rojo.

Cuando se recompuso de la caída, volvió a caminar hasta la habitación. Ahí se encontraba un teléfono que podría usar para pedir ayuda.

Al llegar, marcó los tres botones y movió insistente su pie esperando la contestación.

—112, ¿cuál es su emergencia? —se escuchó al otro lado.

Molly no contestó ya que unos movimientos fuera la distrajeron.

—¿Me puede decir cuál es su emergencia? —insistieron

Molly comenzó a temblar al escuchar un grito desgarrador.

—¿Oiga? —La persona al otro lado no quiso colgar, ya que escuchaba una respiración y algo de barullo de fondo por lo que era consciente de que algo estaba pasando.

—Sangre... hay sangre en las paredes, en el suelo... en mi ropa —dijo Molly al fin asustada.

—¿Sangre? ¿Está herida? —Del otro lado la persona se puso en alerta para comenzar con el dispositivo.

—21°, calle Brown, Hard Spring —dijo Molly que dejó el auricular colgando cuando vio que fuera de la habitación una persona agarraba a Sam.

El miedo la invadió y se metió en el armario de sus padres tirando una cajita de música por el camino.

—Una ambulancia y una patrulla van hacia allá, tranquila. ¿Hay alguien con usted? —preguntó la persona alertando raudamente a su alrededor.

Lo último que escuchó aquella persona a través del auricular fue la melodía de una cajita de música y una frase de una mujer que tiraba al suelo el cuerpo del pequeño Sam.

—Todos moriréis esta noche.

Molly sintió tanto miedo que muchos de los recuerdos de aquella noche se le olvidaron. Cerró sus ojos y se dedicó a esperar en silencio.

Minutos más tarde, Molly, aún con sus ojos cerrados y su cuerpo temblando, notó como la puerta del armario se abría.

—Hola —escuchó la voz de un hombre—. Tranquila, puedes salir, aquí nadie te hará daño.

El hombre, que se encontraba de cuclillas ante ella, alargó el brazo para quitar las manitas de la cara de la niña. Ella se dejó hacer, visualizando ante sí a un señor con una americana y un sombrero. Sus mocasines se habían manchado de sangre de todo aquel escenario.

—Me llamo Amadeo —continuó él—, Amadeo Fisher, y soy detective. ¿Te quieres venir conmigo?

Molly asintió. La niña se levantó dejándose llevar por el hombre al que cogió de la mano.

Al llegar a la puerta de la habitación, Fisher se agachó de nuevo para poner sobre los hombros de la niña una manta que uno de sus compañeros agente le tendió. Alzó a Molly para que no tuviera que ver toda aquella carnicería mientras bajaban por las escaleras.

Molly, al verse segura entre los brazos de aquel detective, volvió a cerrar los ojos apoyando su cabeza en el hombro de Fisher. Antes de cerrarlos, vio al Sheriff Corbin con las manos en sus rodillas visualizando una foto de Elisa Stone sumergida en uno de los tantos charcos de sangre.

Epílogo

Treinta años después del trágico incidente, el asesinato múltiple de la familia Stone, en el que solo la pequeña de siete años Molly Stone logró sobrevivir, el caso que tuvo de cabeza a todo detective y organismo policial que intentó resolverlo, llegará a su fin.

La llegada de un joven detective llamado Might hará que la investigación inicie una vez más, decidido a esclarecer lo ocurrido en aquella noche fatal. Entre sombras, noches de insomnio y café, Might colaborará con la antaño pequeña Molly, ahora una mujer adulta, y solo el testimonio de lo ocurrido tres décadas atrás esclarecerá los hechos de una vez por todas.

Queda en ti la elección a escoger: puedes acompañar al detective Might en su investigación y ser partícipe de sus esfuerzos por resolver el crimen; conocer de primera mano el testimonio de Elisa en su recorrido por descubrir el oscuro secreto del párroco Thomas Pensacola; o, quizás, prefieras permanecer en silencio durante décadas por tu propia seguridad, tal como le ocurrió a Molly Stone.

Fin del caso

NOTA DE AUTORA

Querido lector/a, si has llegado hasta aquí, es porque has leído este libro. Te doy las gracias por invertir tu tiempo en su lectura, y es por eso que te pido que gastes tan solo un minuto más en escribir tu reseña en Amazon o, en su defecto, en GoodReads. Es muy importante para mí saber tu opinión, ya que me ayuda en mi proceso creativo. Al mismo tiempo, ayudarás a que otras personas puedan disfrutar como tú lo hiciste.

Te invito a que, tras leer mis obras, seas participe de ellas con tan solo un minuto.

Gloria Carrasco

Otros libros de la autora.

- La llave nº13 en 2020.
- Sangre para seis en 2021.
- Hacerse humo en 2021.

Antologías en las que participa la autora.

- Renacer antología benéfica en 2020.
- 1º Antología First Class de KmleonBooks en 2020.
- Antología Cambios irreversibles en 2021.
- Antología Soy Valiente de Els Petit Valents en 2021.
- Antología Historias de Malasaña en 2021.

Made in the USA
Columbia, SC
18 October 2022